# 二十八个深圳年轮

Twenty-eight Shenzhen Rings

柏亚利·著

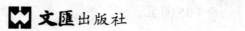
文匯出版社

图书在版编目(CIP)数据

二十八个深圳年轮 / 柏亚利著. —上海:文汇出版社,
2018.3
ISBN 978-7-5496-2520-8

Ⅰ. ①二… Ⅱ. ①柏… Ⅲ. ①散文集-中国-当代
Ⅳ. ①I267

中国版本图书馆 CIP 数据核字(2018)第 057042 号

# 二十八个深圳年轮

著　　者 / 柏亚利
责任编辑 / 熊　勇
出版策划 / 力扬文化

出版发行 / **文匯**出版社
　　　　　上海市威海路 755 号
　　　　　(邮政编码 200041)
印刷装订 / 成都勤德印务有限公司
版　　次 / 2018 年 6 月第 1 版
印　　次 / 2018 年 6 月第 1 次印刷
开　　本 / 880×1230　1/32
字　　数 / 215 千
印　　张 / 7

ISBN 978-7-5496-2520-8
定　　价 / 35.00 元

# 目录
## CONTENTS

# 我那遥远的书山梦

ER SHI BA GE SHEN ZHEN NIAN LUN

二十八个深圳年轮

大自然的山，千姿百态，或巍峨雄壮，或挺拔秀丽；人所做的梦，千奇百怪，或清晰在目，或模糊难辨。我做过的梦无数，唯独在一九七六年做的这个梦，与山相关、与书相联，并衍生出另一个梦魇，与此后三十余年时光交错。

在 2006 年我从深圳去北大中文系拜师学艺之前，几乎每隔较长一段时间，这个梦魇就会来纠缠我：坐在考试桌前的我紧张发怵，捏笔的手在一些看似天书的题目上游移——这不是英语题、不是数理化题，是从未见过的题目，神秘且诡异！我心急如焚。忽然，交卷铃响，我急得跳了起来！即刻我从梦中惊醒。心，像被一只大手狠命挤压透不过气来。黑沉沉的夜色里，我不由得长嘘一口气，脑海中快速闪回的几个场景，足以串起那长长一段岁月……

小时候，自打懂事起，看到父母在家里为一本书你争我抢。为了先得到这本书的阅读，父亲找借口对母亲说："你那盆衣服泡了还没洗。"母亲杏眼一睁："水缸里空了，你去打满水噢。"父亲反驳道："水缸里没水不影响你洗衣服啊，你从来都是到水池那里去洗的嘛！"高大健硕的父亲，打水时两手各拎一只桶风一般地奔走，只消两个来回便把厨房门口的水缸填满了。六十年代，我们家住的这个

"新建村"由十几栋平房组成，每栋八户人家，在房屋东头均有一个水龙头围砌成浅池，供本栋人家在此淘米洗菜洗衣等用。这个地处湖南隶属航空工业部的军工厂，两万人的生活基本都如此：公共水龙头，公厕。

在没有电视缺少文化娱乐生活的年代，我看到父母的业余时间充满读文学书籍的乐趣。这让年少的我心生好奇：那是个什么宝物，让他们争来抢去？大约小学二、三年级起，我会在放学回家趁父母没下班时，把他们的书拿来看。慢慢地，我被吸引进去，尽管书中对我来说有生僻字，但我读懂了那句话的意思，就收获了趣味。书里的世界比课堂里要精彩太多！我把家里字典拿来消化书中的生字。除了父母为我购置的《木偶奇遇记》、《安徒生童话》几本书看完之外，我看了大部分他们所看的中外文学书籍。因了这书瘾，我放学回家不忙于做作业，而是找出一本父母藏于枕头下或者抽屉里的书来看。有一回，我记得很清楚是看《西游记》忘了时间，被母亲回家发现给我一顿训斥！等父亲回来母亲告了我的状，然后父母一起对我进行语重心长的"教育"。他们担心我看多了课外书籍会影响功课或造成偏科。没想到还真就发生了，小学四年级起，我的语文成绩在全年级排名第一，到了初中，数理化成绩却滑落于平均线下，直至高中才有改观。

父母这一对文艺青年，看文学书籍到了着迷的地步，以致把三个女儿上户口的名字都用上了书中喜欢的人物名。大女儿是我：柏丽雅，这名字来自苏联小说《古丽雅的道路》，母亲崇拜这个卫国战争中的女英雄。当我长大后特别是在反美帝苏修的年代，就不乐意用这名字了，成年后的我到公安户籍处改成了柏亚利。若换个面目全非的名恐周围人不适应，就把原名颠倒了用谐音字。其实，给我起名时父亲没能争过母亲，他钟意丽君这名字，取自清代长篇弹词《再生缘》里孟丽君这个奇才绝艳的艺术形象。到我大妹出生，父亲得以把丽君这名字用上。在我二妹出生时，母亲因为喜欢《林海雪原》中的白茹，二妹上户口的名字便成了柏茹。

我投入地看文学书籍的日子大概只有三、四年光景，随着"文革"运动轰轰烈烈地深入进行，文学书籍骤减，书的来源渠道被细细地梳理了。只有极少不错的书籍允许流传，如《红岩》、《烈火金钢》等，品种数量太少。我感到了一种失落。

"文化大革命"期间，生性仁慈善良的父亲同情被打成走资派的老上级，为了帮助他免遭一顿批斗毒打，父亲把他藏到几十里远的我外婆家阁楼上，还帮他写申诉文章。结果被发现，父亲也挨了批斗，前程蒙上阴影，父亲在落魄和艰难中度日。

一九七二年，为响应国家号召，父亲和母亲商量后，要求调往"三线建设"单位工作。"三线建设"，是我国在六十年代就已展开的宏大事业。因当时中国周边形势严峻，为备战需要，一大批军工项目动迁往山区。父亲的申请得到批准，一辆罩着军绿色篷布的大卡车，把我们全家载入了峰回路转的湘西大山区。

父母所在的这家军工厂位于湖南省沅陵县，素有"湘西门户"之称。这里几乎除了山就是水。抬头是山，由湘西的雪峰山脉、武陵山脉构成万山叠嶂；低头是水，有沅水、酉水两大河流，再加境内 900 多条大小溪河的枝杈分合，造就千水汇流。后来的岁月里，我读到了沈从文的这句话："沅陵——美得让人心痛。"

在这片土地上生活了十二年的我，留下的最深印象是：山好，水好。

随父母来到湘西沅陵安家后，在厂子弟学校的高中课堂里，我听语文老师说了沅陵的历史景观与文化名胜，除了半里地外的凤凰寺曾经囚禁张学良一年、县城龙兴讲寺为世上现存最古老的佛学院这两处景胜外，让我更为惊奇的是：位于沅陵县城西北 15 公里处有座二酉山，自古被称为文化圣山，因屹立在酉水和酉溪河的汇合处而得名。相传二酉山上的藏书洞是黄帝的三大藏书地之一，从尧舜时期起就屡次被作为帝王收藏国家经典秘籍的神秘洞穴。到了秦始皇"焚书坑儒"时，朝廷有一位博士官伏胜（世人亦称伏生），是伏羲后裔，冒着被诛九族的危险，把列为焚烧名册中的一千余书简装载在五驾马车里，从咸阳偷运出来，辗转跋涉后藏于二酉山洞，才使得秦前文化得以流传后世。成语"学富五车，书通二酉"即典出于此。这些书简在秦灭汉兴时，伏胜将其献给汉高祖刘邦。刘邦大喜，亲自将二酉山藏书洞封为"文化圣洞"，把二酉山立为"天下名山"。此后，藏书洞就成为文化圣迹，成为读书人向往和顶礼膜拜的地方。历朝历代文人墨客，前往二酉山拜谒的络绎不绝，留下了大量诗词华章。"书山有路勤为径"的书山，指的就是二酉山。

二酉山的山门

听了老师所说，我对二酉山心生萌动，期盼能够实地探究一番。可我却不能如愿成行：那时候交通不便，没有公交车前往，步行恐迷路。这座 15 公里外的书山便成了我心中的念想。待见着这座耸立在大自然中的"书山"时，竟比我梦境里的那座书山晚了三十余年。

高中毕业的我，随时代洪流别无选择地下乡当知青，赶在了末班车前。三年知青生活，过得异常艰苦。打砖、烧窑、挑砖、干基建活——盖四合院的知青居住点；在山上开垦层层梯田建茶园；在农忙的"春插"、"双抢"季节，到生产队里和山民们一起奋战在田头地间。有时一天繁重的农活累下来，全身的骨头酸疼得像要散架。

这种难熬的岁月里我还有了一种体会：人，其实在艰苦的体力劳动之外，仍然有着精神和娱乐方面的追求。下雨天和下雪天是我们不用出工的快乐日子，知青们吹拉弹唱和看书就有了时间和空间。我与住在隔壁的方雯相处甚好，她也爱好文学。我俩互相切磋对方的小诗甚至日记。方雯有门道能从别的知青点或其他熟人那里借到小说来看。《三家巷》、《烈火金刚》、《野火春风斗古城》等十来本小说就是托方雯的福，让我得以在那样一种清贫文化生活中吃到的精神食粮。

一个下着瑞雪的晚上，方雯把我从会议室的碳火盆前叫到她宿舍："给！"方雯把书皮已磨损掉三分之一的《青春之歌》放在我手上，好看的眼睛笑成一弯新月："我刚看完，我和你共 6 个人排队，给你排我后面。每人都是五天，借书时候讲好一个月还的。"我已听方雯说过，这本《青春之歌》的小说很好看，我们相邻的林场知青点在私底下传看。我赶忙抓紧时间翻阅，第五个晚上是宿舍熄灯后，在被窝里打着手电筒看完的。

没想到，在我后面接着看这本小说的知青闯下了大祸。她看到第五个晚上时，恰好当晚知青点有政治夜校课，因担心看不完，她便带了这本书坐在最后面悄悄埋头看。她老低着头的姿势引起了台上讲课的党支部书记注意，直到书记径直走到她身边，一把夺过她看得入迷的书她才如梦方醒！《青春之歌》，这是"文革"中打成毒草的小说啊！领导高度重视，立马追查书的来源，政治夜校课即刻变成了审查会！看书的女知青吓得瑟瑟发抖直冒汗，眼神无助地望向方雯。方雯勇敢站出来承认书是她的，且一口咬定是自家留下来的，没有清理掉。这样，斗争的焦点就集中到方雯一人身上了。书记质问她为什么拿毒草来毒害战友，方雯禁不住流泪说："不是这样，我只知道这是一本艺术性高的小说啊！"

鉴于方雯的认识和检讨程度，知青点党支部书记把她从重要的打米厂岗位撤换下来，还在知青大会上严厉批评了她。自此，我看到的方雯没了笑容，心事重重。一天晚饭后我约她到知青点四合院外面的河边去散步。月光下，面色苍白眼含泪花的她对我说："领导对我没有好脸色，给我这样的结论，说我拿毒草来毒害战友，我以后别想离开农村了！"我安慰她："不会的，等招工指标来了，就有机会。"可方雯还是唉声叹气："我恐怕得终老在这里了。"我开导她，亦心疼她时常整晚的失眠。这天晚上看她情绪平缓了，可是没过几天，在干农活的休息时段，我竟看到她没来由地笑一下，嘴里还喃喃自语。走过去和她对话，又觉正常。再过些天，她不愿理人了，自语发笑的现象越来越频繁，大家都看出来了不正常。在我们焦急的反映中，很快家长来了把方雯领回去。后来，听说她一直辗转于治病中：精神分裂症。再后来，到了全体知青回城工作，她也有了一份工厂食堂洗菜洗盆碗的工作，又因为时有犯病，就享受劳保不上班了。

在方雯出了不幸事件离开后，我们知青点就没有好看的小说了。《虹南作战史》一类的小说，拿到手里翻看一会就没了阅读的兴趣。这时的我如同尝过了美味佳肴，再让我天天喝清汤寡水一样馋得难受。我清楚记得在一九七六年那个不用出工的下雨天，夜晚辗转反侧终于入眠后，做了一个梦：我登上一座山，山路如同我们茶园的小路一样，不同的是，两旁层层梯田上不是茶树而是许多封面色彩斑斓的书本！这些垒得满山都是像砖头一样的书，是古今中外的名著，应有尽有，我眼花缭乱手不停歇翻动着陶醉着。那时刻，我是世界上最富有最幸福的人，置身于一座瑰丽无比的宝藏山。清晨醒来，竟如此清晰地记得这个梦！

　　"文革"结束，来到 1977 年恢复高考的日子。知青点沸腾了，大家满怀希望报考。由于备考时间仓促和水平有限，我与所填的第一志愿北京大学中文系相去甚远，这是我心向往之的理想大学！我心心念念：这是一座历史积淀深厚的文学殿堂，我最

北大未名湖畔，摄于 2016 年 6 月

想读它。这时的我做梦也想不到，30余年后踏足沅陵县二酉山，才知它与遥远京城里的北京大学有着一份渊源。此后许多年，几乎每隔较长一段时间，我就会被一次焦灼的考试梦魇惊扰。尽管我后来考取的文凭和北大无关，但这份念想却一直扎根在心灵深处。

到了改革开放的八十年代末，我从航空工业部位于湖南长沙的建筑设计院调入深圳工作。无论时光如何流转，对文学的爱好始终相伴在我生命的年轮里。自1983年始发表小说后，我深感自己文学功底浅专业知识欠缺，渴望得到正规学习。2005年底，在国企改制这个机遇面前，我毅然选择买断工龄，给自己的职场生涯划上一个句号，于2006年到北京大学中文系进修，拜师学艺。

拿着单位开具的介绍信，在北大教务部和研究生院分别办理手续并选妥课程后，我有幸与这些天之骄子的各地文科状元们共聚课堂，聆听教授、博导们的精彩授课。我选修的课程主要有《小说的艺术》、《当代最新小说研讨》等。最让我难忘的是《当代最新小说研讨》课程，这是一个论坛。我选择这门课就是想看看学院派如何剖析各大期刊中的小说之长短，以期提高自己的写作与鉴赏水平。这个论坛班30来名同学，一半研究生、一半博士生，其中几位已毕业工作了再专门抽出时间每周来一次。此论坛网罗了中文系那几年的精英。几届北大小说、诗歌比赛，冠军都出自这个论坛班。班上同学的思维之敏捷、语言之犀利、文字之优秀，让我感到了巨大压力！上这门课之初，我只能用8个字来形容自己的感受：望洋兴叹、望尘莫及！我感觉相距甚远，无法跟上节奏。

一次下课回到住所45楼乙学生公寓门前，我止不住地眼泪往下掉，这状态没法回宿舍见人，只好跑到近旁的围墙僻静处任情绪宣泄，叹生不逢时，问自己为何放着清闲不享跑来找罪受？一番梳理后我给自己下结论：我毅然决然地北上求学，是因了当年知青点那个书山梦的潜意识所向；是因了当年高考与这座文学殿堂失之交臂的遗憾所为；是因了对文学的热爱所致！第二天起，我鼓足勇气满怀信心奔走于各个课堂之间。晚上十一时宿舍熄灯了，我还时常到走廊口的灯下看书至夜里一点多。

在被称为全国高校资料最全的北大图书馆里，我常常流连到闭馆时间。课堂上聆听教授博导们精彩纷呈的课程，以及许多著名作家诗人来北大的讲座，让我感觉在这里吃着文学餐的满汉全席！这些教授、博导、作家好些是著作等身的泰斗级人物，有的获得国内外文学奖四十多项。

我与论坛班的老师和同学结下不解之缘和深厚友谊。

让我成长进步的是，论坛班的老师鼓励我写评论，告诉我们写评论的精髓：不要那些华丽的辞藻，不要隔靴搔痒，要进去，进到文本里面，进到人物内心去评！我大胆写起了评论作业；《小说的艺术》老师不单教我们小说创作中的技巧，还告诫写作时不要盯着大题材，小题材一样能见大。这两门重点课程到期末时，两位老师分别对我的学习和作业总成绩评定为 90 分，我知道这是对我的鼓励。论坛班每年出一本北大年选，评出当年中国最佳小说并附上点评。从 2004 年起开班至 2009 年结束，这个论坛出了一套选本共 7 本书，进入北大图书馆永存，那里面有我的签名。在我涉足论坛的 2006 至 2007 年选本的扉页上，我应邀写上自己的名字，这印证了我生命中一段极其难忘的时光。

北大的老师们让我充满崇敬之情：呕心沥血地教学、卓有成效的学术研究和著书立说。

说来也奇怪，自从去北大学习后，那个考试桌前的梦魇，至今没有来惊扰我的睡眠了。然而，1976 年在知青点做的"书山"梦，却始终像远方的一道风景，嵌在我的心底。我知道，那意味着我的希冀，我此生对理想的追求。

2010 年的深秋，我终于实现了探访二酉山的夙愿，得以拜谒这座数千年历史的文化圣山、屹立在大自然里的"书山"。途中，我先去湖南长沙望城区的乌山敬老院看望老知青战友方雯。如今，她的脸上布满沧桑，一双眼睛呆滞无神，脸上不复当年的模样。她已认不出我了，问了她几遍我是谁，仍然面无表情，我心有悲戚。

告别方雯，收拾心情一路向西，我来到阔别二十六载的湖南沅陵县。

蓝天白云丽日，灰白色的典雅山门清新脱俗：学富五车、书通二酉的成语作为对联嵌在了左右两边，横批四个字为二酉名山。

山门往上，象征知识的天堂。进入山门，通往藏书洞

2016年6月，摄于北大中文系

的登山大道是坡度陡峭的345级台阶，蕴着多重含义，昭示学习与做学问的艰辛。付诸汗水攀登这345级台阶后，我对"书山有路勤为径"有了更深的意境体验。

这一刻，我终于到达藏书洞，凝望着伏胜塑像我虔诚跪拜：您当年冒

死藏书，才有了中华五千年的文化传承！

来之前上网百度：伏胜享年 99 岁，撰有《尚书大传》，是文学派的开山祖师。

山上，见到一些唐、宋、明、清至现当代文人墨客的诗文碑刻，我对其中唐代刘禹锡的《咏伏生》和宋代黄庭坚的《朝拜二酉山》印象深深。刘禹锡题诗《咏伏生》：

> 京宅紫宫巷，
>
> 飞车若云浮。
>
> 峨峨舆篷内，
>
> 卷卷百家书。
>
> 字字准宣尼，
>
> 步步拟相如。
>
> 皓天舒荆楚，
>
> 灵景照神州。

黄庭坚的诗句《朝拜二酉山》：

> 巴山楚水五溪蛮，
>
> 二酉波横绕龙蟠。
>
> 古洞寻书探奇字，
>
> 思怀空吟三千年。

令我感怀不已的是这块最大石碑："古藏书处"，出自光绪年间湖南督学使者张亨嘉的墨宝。他于 1890 年奉旨巡视沅陵，在刺骨的寒风中专程朝拜二酉山留下题字碑刻。1904 年 2 月，他赴任"京师大学堂"第四任校长，京师大学堂在 1912 年 5 月 4 日改名为北京大学。

伫立于二酉山上，俯视相汇奔涌的二酉河水，我惊叹这一方人杰地灵。

应是沾染了这座书山的灵气，山下隔水相望的乌宿村，频出知识人才被誉为"中国教授村"。几十年来，这里走出了一百多位教授和专家。代表人物有：时任北京大学光华管理学院院长、现为名誉院长的厉以宁教授，他少年读书和工作初期与沅陵及乌宿村紧密相关，1951 年他在这方区域参加高考，被录取入读北京大学经济系。藏书洞前的书柜里，《永恒的二酉》一书中有厉以宁教授撰文"我的湘西情"，文尾专为二酉山赋诗一首——《木兰花》：

> 山崖绝处藏书洞，
> 凝聚楚乡多少梦，
> 郢都史籍已遭焚，
> 残简留存孙辈用。
> 酉江渡口凉风送，
> 站立岸边心事涌，

平民从不赞秦皇，

自古强权难服众。

这首诗是厉以宁教授阔别沅陵四十多年后，在 1988 年重回故乡探访时专门写就，他为沅陵捐建了一所小学。

同样令人赞叹不已的是：二酉山上 23 户人家，家家出书生。八十年代就考取了 24 名学子，而后产出了讲师、教授、研究员、专家。陈建华，1966 年出生，毕业于国防科技大学是留学苏联的博士、专家，他的少年壮志从这里起步，成年后是我国制造"神六"宇宙飞船的功臣。

二酉山，一座创造奇迹的圣山。

岁月如梭。如今，我已定居深圳三十年。在这座繁华都市里，在我人生的旅途中，文学，始终温暖我内心最柔软处，始终萦绕我那遥远的书山梦，伴随生命的脚步前行。

我坚持阅读和写作，从 1983 年初发表小说至今，在文学的时光隧道里前行三十五年了。如同呕心沥血熬骨髓油，我用心创作，先后获得五次市级相关比赛奖项，经历了报刊杂志的作品发表、作家考级和鲁迅文学院广东作家研修班的锤炼，我有了中短篇小说集《水仙魂兮》的出版和这本散文集《二十八个深圳年轮》的完成。

2016 年 6 月 19 日，我来到北京大学，参加由北大中文系、中国作家协会创研部、人民文学杂志社等单位共同主办的曹文轩老师获国际安徒生奖座谈会暨作品研讨会。会上，见到多个著作等身、在相关领域卓有建树的专家和教授，他们，都是往书山上码书砖的人，令我敬佩的人。

旧地重游令我百感交集：十年前，我在这座校园里洒下汗水和泪水，灌溉出后来的文字果实。这里，是我的精神家园。

我孜孜不倦地努力着，想成为一个往文学的书山上码书砖的人，即便是薄砖，即便这砖不那么精美，即便埋在泥土里。我努力过了就不遗憾，生命，也因此充满质感而有意义。

2016 年 6 月 19 日，在北大参加研讨会（前排右四）

# 文学之眼

ER SHI BA GE SHEN ZHEN NIAN LUN

二十八个深圳年轮

"早日康复，文学之眼。"微信对话框里，诗人朱增光这样祝福我。

心下惭愧，自己这双眼，离这个称呼相差十万八千里呢。

本区作协主席在"秘书处"微信群里叮嘱："大伙多体谅秘书长情况，具体事不麻烦她，祝她早日康复，继续有一双美丽而敏锐的眼睛，去观察生活，写作更好的作品。"

"柏姐辛苦了，尽快治疗，安心休养。"

"祝姐姐早日康复！"

领导和同仁们的话暖心。

广州，中山眼科中心。

元旦假期后的第一天，我来到了这里。办妥入院手续，第二天体检，第三天做手术，左眼。

人生病了就医的心态，都愿找最好的医院和医生，都以为最好的医疗资源在首都。去年夏天我赴京开会，然后顺道往同仁医院，赶了个大早想挂号看门诊，听取一下这里医生的说法。什么叫人满为患？最真切的体验，一是在门票紧俏的大型聚会场合，二是在医院特别是名医院。排队的人多得像一道道密不透风的墙令我咋舌，排至窗口还很远就没号了。再往预约窗口排队，也排不上号。我问维持秩序的保安,才知从半夜起门诊就有排队的,无怪乎起大早也难抵这一号难求。

回深圳后,我从多方资讯得知,国内一流的眼科医院有三家:广州中山大学中山眼科中心、北京同仁医院、复旦大学附属眼耳鼻喉科医院。而广州中山眼科中心连续 7 年排名行业第一!这里有顶尖的医师与技术,一流的设施和软硬件。如今各医院实行微信公众平台挂号预约,可免去患者赶早往医院排队挂号之苦。我预约联系了这家医院的张少冲教授,业界泰斗,博士生导师,对眼部黄斑病手术有丰富的临床经验。

这些年,我熬夜看书写字,严重透支了眼睛健康,对眼疾浑然不知,已经几年没去做眼保健检查了。仿佛我的生活发条上得紧,和闹钟一样走着单调而紧密的节奏。

那是 2015 年夏秋之间,我参加广东省文学创作中级专业资格评审,即人们说的作家考级。这考级共分四级,每级条件严格。一般都从第三级开始考,考过了,四年后可考第二级。如此类推。考级分四部分:1. 在省作协学习一周并课堂考试;2. 填注几十页表格加上专业技术工作报告;3. 回家后在网上学习、考试两大部分,即"省作协继续教育网上培训"和"广东省专业技术人员教育系统",

有专业课、选修课、公需课三大类共计 72 学时，加上答题时间估计将耗近百小时了；4. 专家评审团评定。谓之四道关口。

对于我，四道关口变成了五道。因为，考三级作家得有一本出版书

在广东省作协参加作家考级前的学习
摄于 2015 年 7 月

籍。别人是有书在手才参加考级，而我没有。要完成的这本中短篇小说集《水仙魂兮》，四篇从我以往发表的选入作修改，五篇新写，是我许久以来想写的题材。

三个月的考级内容完成期间，我感觉自己被放在火上烤，快烤焦了。这场战役，打得艰苦卓绝。

为了保质保量完成这本小说集，两个多月里我先后有过六个不眠之夜：有三次晚上写得停不下来，索性一口气写完手上那篇小说，从天黑写到了天亮，然后睡至中午。隔几天又重复一次，实在是因时间紧迫。还有三个不眠之夜是写至半夜，大脑兴奋得睡不着了。

而网上的几十门学习课程和考试，又是另一番鏖战。

次年即 2016 年三月底，我拿到了这本蓝底烫金字的"广东省中级专业技术资格证"，内有铅印字："柏亚利于二零一五年十二月，经广东省文学创作中级专业资格评审委员会评审通过，具备文学创作三级作家资格。特发此证"。

从省作协网得知：33 人过关，从一级到三级。我知道，这 33 人都是经年累月在文学路上艰苦跋涉的勇士，包含我。其实，这支队伍很庞大，望不到尽头。我清楚记得在省作协上课签到第一天，名册上有 90 人，他们亦是勇士，不会停止战斗。我相信文学的力量，一旦植根于心田就会长成大树。

拿到证书后的我知道，此后三年，我会继续往二级作家的考评路上攀登。按规定，每考过一个级别后，满三年才能考上面的级别，没过的话，次年可接着考。我亦知道，不在相应职场，考级于我没有薪酬待遇的提高。只因了对文学的热爱，我把这份追求当成跳高运动员一样，不断抬高栏杆挑战自我。

这几年我喜欢在手机上看小说，便捷，有最新的前沿小说。微信朋友圈阅读量大，加之用电脑，这两样电子产品的有害蓝光让我眼睛中标了：患上黄斑病变中的黄斑裂孔。咨询主刀医师张少冲教授得知，太阳光里的紫外线也是黄斑病因。

我的 OCT 眼底照片显示：手术不宜迟了。

人的眼底部位叫黄斑区，黄斑区病变的发展，是从黄斑前膜开始，到黄斑劈裂，再到黄斑裂孔，直至视网膜脱落。

我心有戚戚，这回眼睛的受伤，能像上次牙齿受伤那样逢凶化吉吗？想起牙受伤的情景还心有余悸。那是 2015 年元宵节的晚餐时分，我边吃饭边跑神构思连日在写的小说《还俗》。一个不小心，把不锈钢筷子在嘴里咬下去，下门牙磕松动一颗！当晚白跑一趟医院，因为没有牙科急诊。第二天上午经过医生固定牙齿，一个月后长好了，如今连西瓜子都可以磕。现在，眼睛的受伤可不那么简单，我安慰自己：如果眼睛康复时间长，就先做"发现人才的文学之眼"吧，类同"曲线救国"。情感上，永远绕不开心里这个文学结。

按住院楼层服务台护士吩咐，我下楼办妥诊疗卡和病历，回来办理入住时，被告知安排和一位 40 岁男患者同一病房，我床号 3，他床号 4。这个诊疗中心条件好，都是两人一间。护士盯着我尴尬的表情说："床位紧张，等有出院空出来的，就把你调到女的一间。"末了她又补充一句："他眼睛不好，一只眼天生看不见，另外一只因为糖尿病也看不清。"

我这才知糖尿病会导致失明，科普了。

护士在病房吩咐：晚上房门不要关，方便值班护士巡视。我明白，这是一种心理暗示。白天和夜晚走过别的病房，见有房门关闭的，同性就不忌讳。

同室这位 K 先生，听我和等待家人来接的原三号床女患者聊天，他偶尔接一句。待原三号走后，K 先生问道："靓妹，你也是明天做手术？"

"别叫我靓妹，既不靓也不是妹，请叫我大姐，比你大多了。"

"不会吧？听你声音好年轻。"

"不能从声音判断的。"

到了楼层晚上熄灯的时间。病房幽暗，只剩下楼道里透入的微弱光亮。

"大姐"，听到他唤，一秒钟不到我心里发毛。

"是这样"，他语气沉稳："我睡觉打呼噜，怕影响到你。所以，你要先睡着。"

我心里一热："不碍事，随意就好。"立时，觉得他像家族里的一个长辈亲戚。

入睡前想到闺蜜红袖便觉心里踏实。得悉我来广州做手术，她就说要前来陪护。我说不用，又不是手脚动不了。

她说："柏姐，手术的时候，门外有亲人候着，心情就是不一样。等你出来见到我就知道了。"这话触动我内心柔软处，欣然答应。

闺蜜红袖是大学老师，为人师表，典雅娴淑。她的眼睛仿佛会说话，又大又亮，闪烁着智慧和温柔。

第二天1月6号，手术的日子。上午我和同室及其他共五名患者由张教授主刀手术，我排在第三位。心里有点茫然，昨晚七时许，张教授的助理医生小杨把我叫到医生办公室，进行术前指导，然后让我在手术单上签字。我浏览了一遍，两页纸共有七大条。前面三条分别为术前诊断、麻醉方式、拟施手术方式。后面第四大条说术中可能发生的并发症及其处理有10小条。第五大条说术后可能发生的并发症及其处理有19小条。

第四第五大条内容，说术中和术后可能发生的并发症总共29条，看得我脊背发凉：随便发生哪一条我都经受不住啊！里面条款最严重的说术中"发生呼吸、心跳骤停，需抢救或暂停手术"。看到这里我倒吸了一口冷气，突然感觉到手术室外要有亲人，感谢闺蜜红袖！

不能不手术，否则会导致失明。这种眼疾的唯一有效治疗方法就是手术，名为：后入路玻璃体切除术。即把眼底黄斑裂孔上方的凹凸处切平，再注入气泡促使裂孔愈合。严重一点的患者要注入硅油。我抿了一下嘴唇咬牙，握笔在手术通知书的尾页写上"同意手术"并签名。

"不用怕，给你做手术的是最好的泰斗级大师。"我对自己说。

晨七时，我即起床洗漱吃早餐。昨晚被告知术前要求：早上洗脸后不能搽任何护肤品。

闺蜜红袖匆匆赶到，给我带来香蕉、橘子、贡梨和点心，还有一个红包。我感动地说："其它可以收红包不能。"红袖笑呵呵道："这是祝福手术顺利的红包，不能不收。"如此，我只好收下这个爱心红包。此前，我在确诊眼疾后就得到红袖亲人般的呵护：去年中秋节，我收到她寄来护眼的黑枸杞和中药眼贴。

上午十时许，轮到我和另外两位患者进入等候室，施行手术前的消毒程序。前面两位已在手术室，我是今天上午第三个。唤我进手术室前看了一眼墙上挂钟：10：45。进入手术室看到，右边的床位正在进行手术。我躺在左边这张手术台上，接受术前的最后一次消毒，然后是局部麻醉。我在心里对自己说，想一件轻松愉快的事儿吧，就想和远在伦敦的女儿见面的温馨场景。女儿早前说等我手术日期定了提前告诉她，就回来照顾我。做母亲的却想，不用劳顿女儿千里万里奔波一趟。不大一会儿，主刀医师张教授过来了，他用平和亲切的语气问："不紧张吧?"我答："不紧张，心态很好。"手术开始，我感觉到有序的操作，麻醉药起作用了一点不疼。大约半小时后，张教授对我说："手术很成功。"我心里充满了对他的敬意和感激。

左眼覆盖着橙红色的圆形手术包，我走出手术室。候在门外的红袖迎上来："柏姐，我看到墙上电子指示牌显示你进了手术室，过了一个多小时你还没出来，让我担心得很。不是说半小时就做完手术吗?"我心里热乎乎的，果然如她所说，门外有亲人等候，出来的感觉就是不一样。我告诉红袖，进去时右边手术台还没做完，我在左边台等候，加上麻醉时间一起，就得一个多小时了。

我和红袖从手术的二号楼出来，回住院的三号楼。在楼外电梯口等候时，一个七、八岁的男孩放声大哭着，用手撕扯他右眼上的手术包："我看不见、看不见，好烦哪!"母亲捉住他的双手安抚："明天就看见了不要哭，眼泪会影响恢复啊!"及至进了电梯，男孩仍止不住地哭，听着心酸。我和红袖一起帮这位母亲劝慰男孩，得悉他刚做完斜视校正手术。

回到病房才知在等候我手术时，红袖在医务人员的安排下帮我调换了病房。红袖做的不仅是行李箱挪移和床头柜内外的琐碎，还包括晾晒在阳台上的换洗衣物，以及床底下那双穿久变了颜色的波鞋。瞬间，我心里有股暖流在涌动。

红袖下楼给我和她打中饭去了，我和同室女患者聊了起来。她靠墙坐着，把头趴在面前的专用椅子上。这种椅子类似按摩床有个圆孔，让脸埋入。我趴在床尾把脸埋入椅子圆孔和她对话。她和我一样的眼疾：黄斑裂孔。谈起病因，她说以前爱用手机看电视连续剧，拿在手上到哪儿都方便看，有时看上瘾了，一天能看十几集。她的黄斑裂孔程度比我严重，做了"后入路玻璃体切除术"并注入硅油。

"唉，不知道保护眼睛这么重要，等知道就迟了！"她悲叹。

我安慰她说，积极治疗，保持乐观心态。

这时候，我才想起从小老师带领我们课堂上做眼保健操的情景："小朋友，要像爱护生命一样爱护眼睛"。悔之晚矣，我没把眼保健操做到如今，没有健康用眼，就是铁打的机器也禁不住这样磨损，我常常一用眼就是几小时，有时候通宵达旦的写作中也少有间歇休息。

常识都懂：用眼一小时就要起身休息一会，最好看看绿色植物，做做眼保健操。快节奏的今天，有几人能做到？

看过相关报道，有名27岁女性通宵玩手机游戏猝死。还有年轻人沉迷玩手机导致眼中风，即视网膜动脉阻塞，该病发病凶猛，90分钟内为黄金急救时间，否则想恢复至0.1的视力都非常难。还有8岁女童把手机当玩具，每天低头得了颈椎病。不一而足，现代文明病。

我的眼疾手术不用打硅油，只注入气泡。医生说，气泡要半个月左右吸收。第二天上午拆去手术包后，左眼里的气泡如同一片薄膜太阳镜片在晃动，灰蓝色，边缘还有两个小圆点，和大气泡相连就像小闹钟。滑稽的是，术后这只眼看人，只能看到人的脸部，其余给水泡遮住了。此后每一天看人都在增加幅度，水泡在第八天完全吸收。

难受的是，手术后要求每天低头趴十六个小时，有助于术后愈合。我问助理医生："这好难做到啊?"她说："那至少要趴够十小时。"我想，这比人们上班八小时还多。住院五天里，我每天都扳着手指头计算这十个小时的完成。术后第二天晚饭后，楼层里两个病友甲和乙来串门聊天，找我询问对照各自恢复情况。甲和我一样的眼疾，乙因为近视度数高致视网膜脱落。追溯病因，都是看手机微信过多使用电脑过频加长期熬夜，想必这两样电子产品里的蓝光是元凶。病房里椅子不够坐，我索性招呼往病房门外的客厅，把趴椅拿来放在沙发前，开起了"趴谈会"，脸埋入椅洞中说话。期间，还有几位病友加入，包括原室友 K 先生。

有人建议：组建一个病友群，方便回去后，大家可以交流康复经验。我说："病友群不好听，叫中山眼科友情群吧。这样感觉舒服。"我接着建议病友们，为了护眼，群里以后直接用语音交流，可以闭着眼睛听。病友甲说："姐姐，你说话挺有水平的，是个文化人吧?"原室友 K 先生接道："你是个有品位的人。"我埋头问："何以见得?"他说："你用的包包都是名牌的。"我哈哈笑起来："你看人都看不清楚，还能看到包包的图案?"现在想来，那个下午他用一只眼大致看清了我。

"好东东，谁都看得见，那包包打眼。"K 先生谐趣地说。我心里在笑：女儿送给我的 LV 包，被幽了一默。

第二天上午我们排队跟着楼层护工去复查，做眼底照相等系列检测。在步行楼梯间往下时，有人问带队的女护工："怎么称呼您，贵姓?"她答："我姓向。"K 先生立即接话："向日葵。"队伍后面不知谁接了一句："向前进。"

哈哈……嘻嘻，一连串笑声随着队伍的步子洒落在楼梯上。

　　第二天上午他们几个都出院了，这是周六。他们比我早入院，我在下周一出院。从周一至周五，这层楼里人多得如过江之鲫：每间病房满额，检查室在早中晚三个时段亦塞满。张教授除了一周五天排满手术含两个下午门诊外，还在每天这三个时段来为住院患者做检查。望着他忙碌的身影至天黑了还未离开，我思忖他何时吃饭啊？这对胃不好，这样的工作强度超负荷！由衷敬佩！这是任劳任怨的孺子牛，堪比国宝，因了他精湛的技术在业界出类拔萃。住院期间，我从病友和和医护人员那里了解到：有位老艺术家暨五十年代的电影明星，患眼疾辗转北京上海治疗效果不好。在此经张教授手术后，从术前的视力 0.1 提高到了 1.0；还有国家级的领导人到此做眼保健治疗；其他重量级人物前来就诊的，多不胜数；老百姓慕名求医诊疗，更是网上预约火爆。作为其中一员，我和病友们甚感幸运与幸福。

　　在病房里趴累了，我起身往门外过道来回踱步。周末不做手术，楼层里安静了许多，认识的病友都出院了。

　　铁打的营盘流水的兵。医院和患者之间也是，职场也是，天地与人生也是。我边踱步边想：做有意义的事，不枉度人生。

　　下午，深圳文友小刘代表一个文学社团过来看望我，捎来鲜花和祝福卡，还有一条红通通洋溢着喜气的羊绒围巾。祝福卡上字迹能看出姑娘的娟秀："祝柏老师早日康复，重回文学创作之路。"

我曾经去过他们那个区的书香园，做对谈节目，因而结缘。

闺蜜红袖也来了，上午她来电话要请我吃饭，说还没一起外出吃顿饭呢。我说好，就在附近吃吧。三个人在医院不远处的"小肥羊"，享用了一顿美味火锅晚餐。

当红袖把一串珍珠项链往我脖子上戴的时候，文友小刘感慨地说："你们姐妹感情很深。"我俩不约而同笑嘻嘻地说：是的。

鲁院广东班的部分学员们，摄于 2015 年 11 月（右四）

我和红袖很投缘，用她的话说是：没有血缘关系的亲人。她去年随公务活动往英国，到了伦敦时，我定居在那的女儿请吃了一次简单中餐。对于几天来吃够了西餐的红袖，那顿家常菜让她觉得美味十足，回来后数次提起。

出院回到深圳，我又一次收获满满的友情：受邀文友聚会我收到大束鲜花，祝福尽快康复的话语甚觉温暖。来深结缘时间最长的闺蜜国丽打来电话，邀约去她家过年。这个春节假期的快乐，让时间的脚步变得异常轻松。

过完春节假期不久，"龙华文丛"里自己这本非虚构《二十八个深圳年轮》也快交付了，这是本区政府有关方面出资推出的文丛。我收入本书的十五篇有八篇是以前所写，新写七篇，加上对之前八篇进行修改，感觉不轻松，时间紧。既然手机和电脑蓝光对眼睛康复不利，我就把新写的七篇散文落在纸上，再找附近打印店输入。这方法似不好用，打印店的人识别我的潦草字有困难，打出的错别字多。我只好采用手机语音输入变成文字，这种操作最大的弊病是：几乎所有的标点符号都是句号，也有不少错别字。绕来绕去，还是离不开手机和电脑，只好戴上防蓝光眼镜作战。

近两年，忙于小说集和这本非虚构，我把自己公司的业务耽搁了。我曾对自己说：文学是一生的挚爱，如果公司成功了我可以做更多有意义的事。当文学和公司相冲突时，我毫不犹豫地选择前者。我笑言这是我的宿命。

感动了自己：做眼疾手术前两天，我坚持把手头工作做完，本区作家去年获奖作品统计汇总，几十份获奖证书证明了从区级、市级、省级到跨省比赛的成绩，这后面，付诸的是辛勤汗水。获奖名单里也有我一份，深圳"睦邻文学奖"年度十佳。

做与文学有关的事，亦让我觉得高尚神圣。数月前我独立做方案和答辩的"公益创投项目"得到批准，举办"我和龙华的故事"征文比赛，龙华区作协承办。在创投项目批准之前的评审会上，我面对本区的龙华、民治、观澜等办事处和民政科、社工委这十余家单位组成的评审团进行答辩。上场前，我深吸一口气对自己说，紧张于事无补，不紧张还能思路清晰，那何必紧张呢？我做到了从容自如，临场发挥较好。之后从公布的名单得知，获通过的项目只有三分之一。我们这个项目是资金扶持度最高之一。三月下旬，我接受了评审委对本项目的初审和中审，这两次答辩，感觉状态良好。我把这当作文学方面的另一种历练。只是，在眼睛未能胜任这工作量时做出一叠答辩资料，颇有几分悲壮。写作本书，不啻又是一次鏖战。我给自己点赞：勇士。

这个中午，我觉着饿了就去厨房做午饭。起身时往电脑右下方数字瞥了一眼：13：05。走进厨房发现电子高压锅亮着灯，显示保温状态。揭开锅盖才发现早上做的粥未喝，忙得忘吃早餐且午饭也过点了！记忆中早餐忘吃这是第二回了，上次在两年前作家考级期间，写书、网上课程学习及考试太忙。鏖战期间，常常一顿饭就是煮饺子，伴一根黄瓜，或者叫个盒饭。我为自己的刻苦而感动。俗话说"笨鸟先飞"，从十八岁就好熬夜读书写字的我，并没有展翅高飞达到理想高度，不免惭愧，是自己天分不够，后天努力不够。从1983年发表小说至今，磕磕绊绊走过三十五年光景了。青少年起始的文学梦，还未实现就眼受伤严重，心或多或少也受过伤，只是看不见而已，却是愈合得快。如同勇士在战场，只要还能动，就不停止战斗。

本书写至一半之际，由于陆续熬夜赶时间，觉得累了感到虚弱，就在这天晚餐煲了半只鸡。只有两小饭碗的量，索性都吃了，以利再战。谁知夜里12时放下写作去休息，这两碗鸡汤鸡肉的能量上来了，烙饼一样翻来覆去睡不着，脑海里如牛羊马群在喧闹，怎么也控制不住，眼睁睁到了晨五时。真想这会儿能有两片"安定"吃，让我睡一觉，明天还得码字啊！情急之下，想到平时感冒了冲服感冒灵颗粒会打瞌睡。即刻起床找了服用，约半小时后睡着。第二天醒来一看时间 12 点 29 分。不由懊恼：得不偿失，半只鸡加感冒灵让我失去了半天宝贵时间。

　　每晚熬夜后，入睡时我敷上中药贴缓解眼睛疲劳，边贴边调侃自己："这是一种神马精神？这是一不怕苦、二不怕死的革命精神！"那个年代的艰难记忆浮起来。"关灯、睡觉，啥也别想了！"我命令自己。

　　春节前，我在公众平台预约了去中山眼科中心复查。检测显示，眼睛术后愈合良好视力在上升。节后至本书交稿期间，本应再次复查，我竟忙得没时间去了。我知道，文学始终牢牢占据我内心最柔软处，真可谓"衣带渐宽终不悔，为伊消得人憔悴"，只因文学是我的灵魂家园。我爱看文学书籍，它能够丰润人的内心荡涤人的灵魂。我热爱文学写作，它能够释放人的情感抚慰人的心灵。

　　八十年代的那天，我最爱的外婆突然中风走了，我痛不欲生，哭得眼睛充血刺痛得睁不开。此后一个月，我常常边哭边写，一万二千多字的这篇小说，投递出去很快就得到发表，编辑部还转给我读者被感动的来信。

文字，让我在失去最亲却没有血缘关系的外婆后，在那种泣血伤痛中，让精神创伤得以愈合。之后，我把这个这个短篇充实为中篇，在 1987 年的一次市级文学比赛中获了奖。前年，我的中短篇小说集以这篇《水仙魂兮》命名。在市图书馆南书房我的新书发布会暨讲座上，我谈到这篇小说的创作过程时忍不住潸然泪下，现场有数位女观众也抹眼泪，为这位中国版的"德兰修女"而感动。讲座后，我从文友小江写的评论文章得知，当时他在观众席上也是热泪盈眶。妹妹微信告诉我，她同学阿谦看完《水仙魂兮》这个中篇哭了。文友小刘，有感而发写就关于我讲座的一篇文字，发布在《作家地图》微信公众平台。我想，文学，真的可以滋养心灵陶冶情操。感动自己的文字，才能感动读者。

这本非虚构，我把自己写哭了四次：《悠悠闺蜜情》那篇，三个闺蜜写一个泪洒一次，因了感人的场面再现，还有一次在写女儿那篇时。曾经在三月份的一次深圳"媛创文艺"沙龙活动中，知名专家老师对我们五位"女子书"的讲座与作品进行点评分类。我被归类为"真情写作"，为此很是欣慰。我一路走来所思所写，想要表达的就是真实与真情。

写下这篇文字，也为祈愿文学路上艰难跋涉的文友，爱护好你们的文学之眼，让源源不断的文字绽放永远的光明；愿我们练就一双洞悉人生的文学之眼，投射出灵魂深处的奥秘和美丽。

书山有路勤为径，摄于 2017 年

# 二十八个深圳年轮

ER SHI BA GE SHEN ZHEN NIAN LUN

二十八个深圳年轮

从 1988 年来深圳至今，我就像一棵不起眼的小树，在这座城市默默生根发芽，开花结果。随着岁月流逝，我身上不知不觉已刻上了二十八个深圳年轮。在这些年轮背后，藏着我那或甜蜜、或苦涩、或高亢、或低沉的人生故事。

——题记

一

现在说来让人发笑，我到深圳扎根于此，缘于一次被偷的经历。1988 年春季的那天，当小偷从我先生西装上衣内袋偷走四百多元"巨款"后，举目无亲又几乎身无分文的我俩，面对那种叫天不应叫地不灵的境遇，真是走投无路一样。

从 1987 年秋冬起，位于湖南长沙隶属航空工业部的我们这所建筑设计院，年轻人几乎人人思迁，空气里飘荡的都是来自深圳的气息。一些人家从深圳购回琳琅满目的商品：用的有大至彩电小至电子表；穿的有男士西服和女人的时装、丝袜、化妆品；吃的有薯片、无花果干等甚至成箱的方便面。有孩子拿方便面当零食嚼着吃，一天在住宅楼下，我见到两个七八岁的男孩在斗嘴，那个天生卷发的男孩举着手里半块方便面把嘴一撇说："哼，我家有方便面，你家没有！"

我穿戴着先生从深圳买回的服饰：玫瑰色提花丝质薄袄外面套着孔雀蓝呢子大衣，胸前戴着项链电子表，手上拎了白色小坤包。无论在本院还是回娘家探亲，让周围女子直夸时髦，也嚷嚷着托人从深圳带这带那。这时候的我和周围年轻人，对深圳的向往仅停留在物质层面。

我们设计院主营业务是建筑方面的设计。八十年代成立深圳特区后，院里陆续接到项目，派出各科室设计人员前往深圳现场勘察设计、出图、改图。他们感受了深圳这块热土的强大吸引力，想方设法调往深圳工作。1987 年底，我往深圳探望先生，他是本院的土木结构设计工程师，出差在此做项目设计。

我非专业设计人员属行政人员：院工会文秘兼广播室播音员，集采、编、播于一身。能找到人临时替代岗位不容易，我如放飞的鸟儿，快乐蹁跹于探亲之旅。

车站外的景象赏心悦目。内地正值寒风刺骨的冬季，这里却是温暖如春，树木葱茏，姹紫嫣红。特别喜欢开得灿烂如红霞到处可见的勒杜鹃，像一群一群孩子的笑脸。我惊讶于公交车上的舒适，人人有座位。路上行人较少，不像内地城市到处是人挤人的场面。乘车所见有工地喧闹和尘土飞扬，建好的道路和绿化带，还有两旁的商业楼宇及住宅，已衬托出这座城市优于内地的整洁美丽。

设计院在深圳的办事处，设在靠近深南大道的南光大厦里，前面是漂亮的上海宾馆，这是我院在特区接下的第一个设计项目，这幢建筑的结构设计里有先生一份辛劳，几年前他出差在此做现场设计。

夕阳西下，给深圳这座新兴城市披上了一层金缕衣裳，近处的建筑和远处的风景，都笼罩在一片温柔的色彩里。

那几天外出走过上海宾馆时，我会凝神盯着它多看几眼：淡黄色的外墙配茶色玻璃，整栋建筑造型美观时尚。由于当时受资金等因素框定，上海宾馆的身高受限，以至后来紧邻的格兰云天高得像个模特倚在绅士旁。过了些年头，为了与身边这位高挑美女相衬，上海宾馆的外墙换上浅浅的灰白色，玻璃换成大海的蔚蓝色，感觉更有气质了。至今，每当我路过深南大道看到上海宾馆时，总觉着它有一种经久不褪的典雅，担得起"深圳地标"之称。

探亲的一周过得飞快，先生利用下班和周末时间，带我往蛇口、香蜜湖、小梅沙、中英街等处游览，我领略了这座海滨城市的魅力。两人边游玩边商量：调来这座城市，定居在这里。

计划赶不上变化快。回到设计院后，看到报纸上登出海南省要建中国最大特区的消息，俩人一合计：往深圳的人多，调动难度高，海南特区大，需要的人多，容易找对口工作单位。

先生的父亲在海口有熟人，是某单位的书记，请他引荐单位比我们自己无头绪到处找靠谱。我俩没有充裕假期外出物色单位，辞了工作去联系没这胆量。

春节后，我和先生带上他父亲手书一封，有了海南之行。

与海口相隔一衣带水的湛江徐闻县，有先生的叔叔一家在此。探亲访友落脚一晚，翌日一早我俩赶赴轮渡往海口。

踏上这座岛屿之城，我为之惊艳：到处是挺拔的棕榈树，美丽的树叶在风中摇曳多姿，一派浓郁的热带风光。道路两旁，美观新颖的楼宇，让人目不暇接。

我即刻喜欢上这座城市：椰风海韵，一道道诗意的风景。上了公交车后，我仍专注地往车窗外张望，仿佛看不够。

下了车，看手表已是午时一点，俩人打算吃过午饭再去找那书记，正好是下午上班时间。寻得一处快餐厅，点餐后需要先买单，先生往西装上衣内袋一掏，忽见他变了脸色，接着往浑身上下口袋搜了个遍，也不见那一沓钱！这可是我俩全部的存款，带了出来闯海南。此前精心打造小窝，置办齐家具家电后，就剩下这四百多元钱了。

年轻人不谙世事。出门在外我认为男人是主心骨，就一股脑把所有盘缠交由他保管，他认为放在西装上衣内袋里保险。这时候，我俩回想起车上有个青年小伙手搭外套站在他面前，准是这个小偷！先生说上车买票时掏内袋一沓钱还在，乘车过程中除了他，跟前没别人。

唉，沮丧之下我恨透了那只罪恶的手和那个小偷！心里有千万只蚂蚁在涌动。

怎么办？我俩连回去的路费都没了。我搜遍身上只有五元多钱，这还是从他那拿了十元钱去买两瓶饮料找零的，只够坐公交到海边，回到海那边叔叔家一张轮渡票要五元。

去找那个书记求助？上门又找工作又借钱，我俩真开不了口，他只是我先生父亲的一个普通朋友而已。

情急之下，先生想起身上还有两盒三五牌香烟，可以卖给街边小贩。市价七元一盒，我们以五元一盒成交，换来十元我们买了两张船票。下午起风了，风且不小。返程时我回转身望了一眼，风把棕榈树吹得猛烈，那些树叶像一个个被恶徒追赶的小孩，想四处逃散却跑不远，仿佛在无助地叫喊，全然没有了上午细风中摇曳的浪漫。

回到海对岸徐闻县叔叔的家，已过了晚饭时间。午饭没吃饿得饥肠辘辘的我俩，各捧一大碗面条狼吞虎咽。其间我俩对视了一眼，哭笑不得。

我们找叔叔要了路费回家。

打道回府的路上，我俩嘀咕说，出师不利是个不好的兆头，不去海南了，还往深圳吧。只是眼下家里连盘缠都没有了，暂且把心里这份念想如兔子一样按住。

## 二

沉寂了几个月，看到院里有三对夫妻相继调往深圳和

珠海，我俩心里的兔子按捺不住又蹦跶起来，两人调侃说：理想不能半途而废，继续前进。

许是应了那话"祸兮福所倚"，海南之行失利，深圳调动顺风顺水。我们相熟的一对工程师夫妇铁工、黄工调入深圳后，即引

1993 年夏，摄于南油集团大厦前

荐我俩往他们所在的南油集团。这是一家成立于 1984 年，由深圳市投资管理公司、中国南海石油开发服务总公司、香港光大集团共同投资的大型中外合资企业，集团的主营业务是房地产开发和房屋租售，此外还有港口和下属公司多家。这是深圳最大的开发区。

在深圳安顿下来后，想起那个小偷我忍俊不禁——应该感谢他，没有他还来不了深圳呢。我甚而谐趣地想，是否上天反感这对年轻人见异思迁，借小偷之手一巴掌把我们拍回深圳？看来不管做什么事，认准了就要专心致志，不要随便改弦易辙。

来到深圳，我俩仍干老本行，他在集团的设计公司做土木结构设计，我在集团工会，工作比之以前略有不同：组织干事兼文秘、财务会计，这里没有广播室。我身兼数职感觉比内地忙得多，这儿文体活动多，做的事杂。我感叹深圳卧虎藏龙人才济济，就拿集团工会来说，我接手工作的前任，是世人爱戴的某戏剧家的儿子，他受命去组建集团电视台；工会主席从中国社科院研究员的岗位调来；女工主任在内地是大学老师。我想，这绝不仅是特区的环境和薪酬能吸引的，大家为理想抱负而来。

果然，集团工会在主席的带领下，各项文化体育活动开展得蓬勃多彩，极大地丰富了集团职工的业余生活。

我经受了从业以来没有过的累。单位给我印制的名片上是组织干事，我要做的工作是完善建档和联络下属企业工会，同时还做着财务会计兼图书管理员、录像厅售票员的事：工会图书馆每周二、四开放，我在此办理职工借书事宜；一、三、五在办公室做组织干事和财务的工作，还要在当天坐中巴车两小时往返市中心地段，为工会录像厅租借与归还录像带。连轴转的疲累使得素来不晕车的我头晕想吐。周一至周日每晚加班，工会的舞厅、录像厅要管理至收档。每周只有周六、日两个白天休息，每晚加班 4 个小时每周合计 28 个小时。我不在乎没有发过加班工资，心里感到失衡的是：我像勤杂工。自参加工作以来我没叫过累，没向领导诉过苦，现在也开不了口。

由于工作性质，经常夜里十一点过后我才能回到家，幼小的女儿早睡熟了。不能照顾家庭和孩子，这引起了另一半的不满。我心里明白，无论女性在职场上如何忙碌，八小时外应该以家庭为重。

工会主席心里透亮，他对我说："小柏呀，工会还要补充人，等找到合适的人替代，就把你从最忙的岗位上换下来，你的孩子小，家庭需要照顾。"

说这话的时候，却愈见忙碌了。

那是 1989 年的秋天，深圳市将在 9 月份举行首届职工艺术节。一个多月来全市各单位都在积极备战汇演，如火如荼。我们集团也不例外，精挑细选人员组建了青年舞蹈队，请来专业老师排练一个九人现代舞：《心中的太阳》。五男四女表演带点故事情节的舞蹈，刘欢这首歌曲听来荡气回肠，抒发了一种健康向上的强烈情感。四个年轻姑娘里有一个跟不上舞蹈节奏，动作总不到位，时间不等人，任务重。干脆，那姑娘和大家包括工会主席一致将我推向前台。我的舞蹈功底从幼儿园一路开始，他们没有看错我。在我调离工会一年后，集团国庆节汇演，我饰演喜儿跳"北风吹"、"扎红头绳"获一等奖，这选段来自我在内地的保留节目。

九人现代舞每天晚上排练得异常辛苦，有两处节点让大家直喊痛和累：男子箍住女子腰肢转圈，男子喊手酸，女子嚷腰痛；奔跑后双膝跪地滑向前方，这个动作一周练下来，大家的膝盖都磨破了，红红一片渗出了血丝。我们涂上药水包好纱布，套上护膝继续练。这个时候，我心里充溢了一种悲壮感。

集团工会准备了两个节目参赛：舞蹈《心中的太阳》和一首创作歌曲演唱。周围人知道我有写作爱好，歌词创作的任务就落在我头上。

工作之余，我在本地报纸上发点豆腐块文章，小小说、散文一类，还有通讯报道。因为爱看小说爱文学心里有个作家梦，1983年开始发表小说。调来前一年，我以一个中篇纪实小说，参加长沙市纪实文学征文比赛获二等奖，同年加入市作协。写歌词被谱曲演唱这是第二回，能否担当这次比赛重任我心里忐忑。

看到那些青春年华的姑娘们，在工业区下班人流中占的比重大，我有感而发，创作了歌词：《南油姑娘》。工会姚主席请来蛇口的李跃飞老师作曲，由下属企业里一名姑娘演唱，她有专业水准，音色甜美，感情处理细腻。

"虽说我细嫩如柳，虽说我稚气未收；虽说我眷念着故土……"我把年青姑娘对故乡的思念、对理想的向往和追求，倾注在这首歌词的意境里。

一天晚上排练完节目走在回家路上，我抬头看到天上悬挂的明月，感觉它比故乡的还要大和亮，这才想起明天是中秋节。深圳是我的第二故乡了，在这里我学会了坚强和坚守，看看周围的人和事，我明白了许多。这里比内地职场要累很多，要付出双倍不止的辛劳与汗水。

回到家，孩子已进入梦乡。孩子她爸没睡着，见到我回来就拿背朝向我，过了一会儿，睡着的鼾声才轻轻响起。我感觉到，有一种缝隙在我和他之间形成。

晨起，乖巧可爱的女儿见到我笑脸如花，银铃般的声音在屋子里跳跃："妈妈，我要你和爸爸晚上带我去游泳。"四岁多的女儿抱住我的腿说，小小年纪的她已在学游泳了，她还会从泳池边往水里跳"冰棍"。我陪她学游泳的次数屈指可数。想到此不免心里一酸：女儿没有过多要求，不像别的孩子要玩具要零食要去游乐场，仅仅陪她学游泳我都满足不了，我这个母亲不称职，无奈身不由己。早知道忙成这个陀螺样，我还会往深圳调吗？

　　心里的答案是：会！

　　开弓没有回头箭，这里即便是个炼狱也得熬下去，何况不是呢。我对自己说。

摄于 1989 年 9 月，参加深圳首届职工艺术节汇演（右二）

全市首届职工艺术节在 9 月 20 号至 25 号如期进行和完成。深圳特区报公布了结果，一共九十个节目参赛，我们集团的九人现代舞一无所获，倒是歌曲《南油姑娘》斩获两个奖项，优秀创作奖和表演奖。总共 12 个奖项我们获得两席。这让我感慨：汗水带来的回报不仅有欢乐，也有付出不见回报的惆怅，有时候不成正比。

在集团工会工作了一年多后，我被调往集团总办，做行政方面迎来送往的接待工作。离开工会时，两个人接手我的工作：一位接组织干事，兼顾文体活动方面；一位接财务，采买、内务、账务等等。而图书馆和录像厅，在我调离前半年已由临聘人员接替了。离开原岗位时想到这里曾经的忙碌，心里难免有几分酸楚，辛劳背后浸透了汗水，也包含坚韧。

我明白，所有走过的路吃过的苦，都是为了成就更好的自己。

我女儿学前班的小彭老师，也是集团文娱活动的骨干，她把对我那几年的见闻写成演讲稿，参加"特区女性演讲"，文字被汇编成集出版。她的题目是《大海中的一滴水》，讲述了我在工作中的刻苦与勤奋。我把这视为一种难得的勉励。

## 三

在总办，我的工作是给来宾们讲解集团的全景模型沙盘，播放专题宣传片，领着来宾到下属企业和港口去参观。那时候，我为自己所在的集团感到骄傲和自豪：占地面积三十八平方公里，是深圳最大的综合工业区，有着广阔的地产业务，一派欣欣向荣。曾经连续两年被评为深圳市综合实力最强的50家大型企业集团第一名。

那时的我和大家一样，绝想不到十几年后，这个集团会被报纸上称为"没落的贵族"，最终命运是在2004年底，被蛇口招商局集团以增资方式收购了；也想不到华为的创始人任正非，从我们南油集团大厦的七楼走出之后，经过二十八年的拼搏，成就了如今这家世界级的大企业。

我的新领导孟大姐，中等个，军人出身。面容温婉的她，行事风格像个女汉子。她有三快：说话快、走路快、入睡快。说话打起哈哈来，笑声仿佛能把屋顶震落。我特别佩服她的入睡快，用她的话说是，头一挨枕头两分钟就睡着。那次和她出差广州住宿东方宾馆一晚，我见证了这种极速入眠的本领，熄灯刚一会儿没说上三两句话，就传来她轻轻的鼾声，真是军人作风。

　　一天，孟大姐看到办公室门前走过一个人，她问我："小柏，你见过老任吗？"我说没有。之前听她说过和他性格不合离异了，但处得像好朋友一样。待任正非从我们集团领导办公室出来再路过时，孟大姐唤住他："老任，来坐一下。"

　　我们这间办公室靠门口处，有一张墨绿色丝绒的三人座沙发，我端详着坐在了沙发上的孟大姐前夫，此时他俩都还没有组建新家庭。他有一张褐红色的方形脸，穿一件起皱的长袖白色的确良衬衣，不紧不慢的男中音略带一丝沙哑，说话面带笑容，两个眼角的鱼尾纹衔着刚毅。这就是后来名震天下的华为创始人任正非。处于创业初期的他，给我的第一印象是硬汉感觉，与他后来儒雅成分占半的形象有距离。当他和孟大姐说了一会儿话从沙发上起身离去时，我看到的是一个坚实而略带忧郁的背影。我无论如何也想象不到：这个背影会华丽转身，率领他的团队若干年后屹立在电信设备业的世界之巅。彼时这个背影，他的公司才成立一年多。

　　我敬佩他和孟大姐都是深圳特区的拓荒牛，从基建工程兵部队转业。孟大姐说刚来这里那天，吃了一个盒饭不舍得扔掉白色泡沫盒，把它当肥皂盒用了。听到此，我感同身受地笑起来。

单位初始分给我和先生安顿的那间宿舍在六楼。除了一张木板床，其它家具全无。翌日，我俩在附近厂区路旁捡了废弃的泡沫大包装盒，把残缺的边角用裁纸刀修剪齐整，分别改造成饭桌和小凳子。我俩还用煤油炉和小铝锅，支在地上用于周末改善伙食，炒两个在内地时喜欢吃的菜，用电饭锅煮饭。

难得的周末白天，我坐在自行车后座和他一起去相邻的蛇口兜风，看到了矗立在蛇口港近处的大幅标语牌"时间就是金钱，效率就是生命"，蓝底白字在阳光的辉映下格外醒目。作为早期的深圳精神，这句口号振聋发聩，对国人有着启蒙和解放思想的作用。后来，不单是蛇口，整个深圳的发展，也对这句口号作出了有力的诠释。

来深圳一个月后，我们把内地的家具和电器托运过来，住所也被分配到另一栋宿舍的二楼一个单间，我俩把孩子接来上集团的幼儿园。在南油工作满一年之际，我们分到两室一厅的福利房，这才算安居乐业了。

到总办工作不久，适逢内地邻居邓阿姨因企业不景气提前内退，来深找我给她寻一份合适的工作。孟大姐知晓后把她介绍去了华为食堂上班。任总的父母来深圳时，邓阿姨会被委以临时保姆，到任总的家中做家务，也带回了他们家的轶事。任总是一个特别有孝心的儿子，铁汉柔情的一面会在下班以后的家里显现。

逢周末去华为探望邓阿姨的时候，我多次看到这个以后的商业巨人。任总常常忙得超过饭点天黑了才到食堂来吃饭，他在厨房里自己盛饭菜，一边用菜勺舀着凤爪往碗里一边说："这个菜好吃啊。"此时，华为已从创立初期租用南油A区带电梯的"六角楼"里那套民居，搬往对面工业区租用深意压电大厦一整层了。往后，随着公司壮大，这一层满足不了业务需求，就迁往南山区的"科技工业园"，拥有了整栋的"华为大厦"。再往后，就有了坂田的华为科技城，有了拓宽疆域的东莞松山湖华为研发基地，以及遍布北京、上海、南京等国内城市和世界各地分支机构，从通信设备直至云计算、大数据、智慧城市等高科技领域，所向披靡，大格局、大气势自不待言。2016年华为以近四千亿元的年营业收入排行中国民企500强榜首，这样的业绩令人惊叹和敬佩。

可惜，当年这样一个商业巨人迅速崛起在南油的地盘上，却没被集团重视和借鉴学习。我敬佩华为，除了专注和坚持不懈，除了艰苦奋斗与危机意识，除了强有力的管理机制和优秀的人才循环队伍，最可贵的还有两点：掌门人任总的华为股份只有百分之一点四，其余都是员工持股，形成极强的凝聚力；研发资金投入始终占高比例，形成极强的创新能力，故而专利数量在国内和世界领域遥遥领先，成为产销两旺的全球通信行业龙头。

回到 2002 年，此时的南油集团已从本市最大型的合资企业变为市属全资企业了：原有的三方股东两方退出，由市投资管理公司一家持股，属市有国企。在地域版图上，历经数年被政府不断收回地块，集团只剩下数平方公里范围了。没有拳头产品制约了发展，区域内大部分企业不属于自己只是租售厂房的客户或业主，日薄西山的集团在经营上难以为继。困境中，集团发动各部门及下属公司抽出人员座谈，献计献策探讨集团的前景，还从北京请来了国内研究咨询业的开创者、著名经济学家马洪参与高层研讨。

这时我是基层的一个主任。几年前集团机构改革，有的科室精简，有的设立为子公司，我的两任老领导已退休。在集团面向基层的讨论会上，我提出："去找华为吧，任总心胸宽广，不会计较过往的。"在场的人听着都会心地笑了，十五年前在这集团大厦七楼办公的下属机电公司，总经理任正非进销一批彩电想为公司盈利，亏损额不小。为这，集团领导层将他免职了。他背水一战创建了自己的公司，历尽艰辛有了今日的辉煌。

我继续说："只要华为同意让我们做相应的配套加工，也比这样耗下去强，起码有一条生路啊。看看南山周边，靠着给华为生产机器外壳，养肥了许多厂家。去找找，去试试嘛。"

端坐席中的集团党办何主任说："想都不要想，这怎么可能，他们做不到。"

一语中的，领导们的尊严是有底线的。

同一片区域，我看到了一家大型国企由荣到枯，一家民企日渐强大崛起。这其中发人深省，引人沉思，值得每一个企业借鉴和研判。

时代的巨轮又往前奔驰了两年后，蛇口招商局集团以增资方式入主南油集团。名称不变，内容变了，主要东家变了：南油集团从市属全资企业，变更为蛇口招商局集团持股 76%、市投资管理公司持股 24%。南油集团又成为了合资企业，与 1984 年成立之初不同的是，那时是大型中外合资企业。

南油人有两种选择：可以去新的集团，也可以留在原集团，但原集团不是集团了，已缩小为"开建公司"。这时候，随着整个中国大地国企改制的浪潮席卷，原集团和子公司在 2005 年，进行了股份制改革的大动作，一是可以买断工龄离开；二是持有股份，工作至退休。

我毅然选择前者，我觉得后者就像是自己给本人开工资却受缚。我离开职场是想去往远方，实现一个多年的心愿。离开前的一个月，我执笔创作的小品《心愿》，在行业的全国首届文艺调演中获得了二等奖；两个月前，这个小品获得了本市行业汇演优秀创作奖。

公司张总对我说："小柏呀，我知道你很累。留下来，我让你不这么累了行不？给你配备副主任。"我婉言谢绝坚持买断工龄离开，这是 2005 年底。原岗位补充了正副两位主任。

我知道自己心里向往和追求的是什么，我要唤醒自己，不能继续在文学的路上打瞌睡了。买断工龄的我，要去北京大学中文系学本领。我深感自己文学功底浅专业知识欠缺，渴望得到正规学习。

我对文学的热爱，不仅源于自己的爱好，也来自父亲的一份厚望。那是 1983 年，我首次发表小说《水仙花，在隆冬开放》在湖南怀化地区文联杂志，父亲对我说："女儿，爸爸第一次发表作品和你情况相同，都是在最亲的人去世后，悲痛下写出的文字，我是对母亲，你是对外婆。"

父亲讲述了他在母亲故去后难抑悲伤之情，写下散文《忆母亲》投往《东海》杂志得以刊登，此后父亲一发不可收拾，又陆续发表了好几篇。他年轻时爱看文学书籍，想当一名作家。由于五个孩子陆续到来，生活的重负让他没能如愿。父亲满含期待望着我说："女儿，我的理想没有实现，指望你好好写，认真写，有一天成为一名作家。"

## 四

　　飞往北京的航班起飞那一刻，我感觉自己的心情也像插上翅膀一样，翱翔在蓝天白云，有了广阔的视野和空间。

　　拿着单位开具的介绍信，我来到北京大学教务部和研究生院，分别办理手续选妥了课程。每天我背着书包穿行在有关课室，幸福感满满且备受激励与这些各地文科状元共聚一堂，聆听教授博导们的精彩授课。

　　我选修课程的时候，见到《小说的艺术》、《当代最新小说研讨》这样的课名，就似进了宝殿看到最耀眼的宝石一样，毫不犹豫就选取了。在我选修的几门课程中，这两门对我

回北大的美好时光，摄于 2016 年 6 月

影响最深，教益最大。最让我难忘的是《当代最新小说研讨》这门论坛课，三十余人的小课堂设在中文系教研室，围坐于椭圆型会议桌上课的形式给人感觉很温馨，拉近了彼此的距离。

这个论坛班每年出版一本"北大选本"，评出当年中国最佳小说并附上点评。从2004年开班直至2009年结束，这个论坛班出版一套选本共七本书，进入北大图书馆保藏，书里有我的签名：在我涉足论坛2006至2007年的选本扉页上，我应邀签上了自己的名字。我内心异常激动，这，印证了我生命中一段极其难忘的时光。

从北大回深圳后，我经常把自己关在家里，文字写了废，废了写，总觉得眼高手低不如意。期间也试着先从本地报纸的副刊和文学内刊投稿，虽有刊登也总觉得自己没有突破，写作面太窄，不敢尝试往深圳以外的省、市投稿。我知道：北京游学如同酿酒，得有一个发酵的过程。

我信奉一句话：把一个爱好坚持到底，你就是人生中的英雄。

一个偶然的机会，爱好文学的郑荣从邻居口中得悉我有相同爱好，就联系我并带去参加"睦邻文学"活动，自此，我与她成为文友。在"全民写作"如火如荼的氛围中，我接触和认识了许多热情的文友，我的文学创作激情被重新点燃。

与此同时，
在中心书城每周
五晚八点的书友
会上，在市图书
馆五楼多功能厅
等处，我聆听了
许多高水准老师
的讲座，涵盖了
文学的许多层
面，受益匪浅。

2016 年夏，深圳图书馆南书房

深圳这座城市，从街道办至区级、市级有关单位，对
文学的扶持力度之大，让人深受鼓舞。各种文学活动层出
不穷，给文学写作者以激励与帮助。

小说、散文，一篇又一篇从心底流淌出的文章见诸铅
字，我感觉自己比过去的创作状态要好。

五

2015 年 6 月上旬，一个偶然机会，我受邀参加福建资
国寺的禅修之旅。自小受外婆和妈妈的影响我信仰佛教，

正在创作一篇涉及佛教层面的小说《还俗》，遇到瓶颈问题搁浅几个月了，期望在这里寻求答案。之前我为这篇小说的一段构思，差点失去一颗牙齿。

那是元宵节的晚餐时分，我一边吃饭，一边构思《还俗》里的情节，当不锈钢筷子送进一口菜往嘴里时，竟然忘记及时退出筷子，一口咬下去只听"嘎嘣"一声响，顿觉嘴里好痛，顺痛处一摸，下门牙一颗歪斜了！照镜一看，出血了。我立即赶到观澜医院，牙科晚上没有急诊。我想起文友郑荣的女儿在这个医院药房工作，就给郑荣电话，问能否让女儿给急诊科医生说，请牙科医生来一趟。得到的答复是，医生说不属急诊范围，让我第二天一早再来诊治。

这一刻我忽然觉得很无助，心里发酸。回家洗漱后我对着镜子把松动的牙齿摆正，捱过了睡得不踏实的一夜。第二天一早赶到牙科，医生像对待骨折一样固定牙齿，只不过用的是钢丝。一个月后拆去钢丝，我这颗牙长得和先前一样结实，没留下任何后遗症，感谢身体机能与我的意志力同步。从此，我弃用不锈钢筷子。

踏入资国寺的第一天上午，我被其中一幕震撼了心灵。用过早斋后，资国寺监院能慈法师带领我们一行十人作寺院巡礼，从每一座大殿拜佛进出后，再到后山瞻仰历代长老圆寂的宝塔。回到寺院大门口时，我看到几十米外高大的观音塑像后面，有一栋带电梯快竣工的五层楼房，我问能慈法师："那是什么？"

"了尘楼，和前面建好投用的弥陀村一样，是寺里的养老院。"能慈法师答道。我想起清早离开住宿的客堂去斋堂时，看到旁边那栋建筑名为弥陀村，也看到有的老人在散步，有的坐在楼外。

我了解到，这寺院依照有佛教信仰的老人意愿，安置在此颐养天年。没有收入来源的完全免费，有退休工资的只收取一点低额生活费。我肃然起敬：到过许多寺庙，头一回见到有养老院的，大善之举，大爱之心！

感动之下，我决定捐出一万献爱心，随即要来账号回深后从网银汇出了。我觉得自己很渺小，能力很有限。对于陆续在建的养老院，我的添砖加瓦力量太弱，工薪阶层对类似慈善难以为继。

回来的一路上我都在想，我的人生规划里还缺点什么，还来得及补充些什么。本应潜心写字，为那个久远的梦想，为父亲的心愿。文学，创业；创业，文学。我心里不停地念叨，感觉两者不相悖，可以相得益彰。多一个领域的拓展，也是给我生活与素材的积累，让以后的文字更丰富。深圳，是一座经济发达商业氛围浓厚的城市，也是一座敬仰文化的城市。人，只要保持一颗仁善的初心，坚定地朝自己的人生目标跋涉，就不会有现代人的精神危机，就能领悟这座城市的精神内核。

从资国寺回深的第二天，我到仙湖弘法寺申办了皈依证，受赐法名：顿立。过了些时日，经过一次庄严仪式，正式成为在家修行的居士，终于了却我多年的心愿。

我注册了自己的科技公司，此前我迟迟未做决定。我对自己说，文学是一生的挚爱，这点永远不会改变。如果商业成功了，我可以做更多有意义对社会有贡献的事。成功与否，我努力过了就不遗憾。

创办公司是一对夫妻好友介绍的机会，他俩的香港朋友和一位英籍华人博士合办了生产线，生产这位博士的专利产品：空气净化机。产品主要销往欧洲用于公共场所，比如酒店、会所、公厕、垃圾站等处。我考察产品时现场用仪器测试，数据显示它去除甲醛、异味、尘螨这三大方面功效卓著，令我折服，也大大增强了我做商业的信心。

他们想以家用型空气净化机为主打开国内市场，寻找合适的人选成立专门的销售公司。朋友力荐我，两次面洽后，我的公司应运而生。我入股成为合伙人，以我公司名称制造的产品将在国内销售。

介绍人夫妇笑说："柏姐好运，你这个股东当得轻松，不用管理工厂那么些繁杂的事物，只做销售一件事，把公司做大做强啊。"

我乐呵道："嗯，努力。不过上天知道我离不开文学，留点时间和空间给我写字呢。"

经过一年备战，产品进入试销运营。起步阶段，一切从简，除了我和两名专职人员，其余招聘的都是兼职销售员。我拟定了三方面的销售策略：口碑销售、电商销售、适量媒体广告销售。

九十年代初期我通过成人高考，就读了深圳大学工商企业管理专业，经济学、市场学、营销学课程知识像多种维生素营养一样，汲取到肌体中。以后，我还考取了会计证。九十年代中期，为解决亲朋好友来深找工作和吃住等问题，我先后办过小商店、小餐馆，还有电子健身器材销售中心，算是业余练了摊，个中酸甜苦辣尝过。我知道，对于经商，这些早期知识储备远不够用，等公司一切步入正轨了，我将尽可能抽出时间，读商业所需的那个在职班，在实践中学习。

七八月的深圳，正是骄阳似火的季节。万事开头难，起步阶段许多事我得亲力亲为。口碑销售方面，我在开公司的朋友处打开销路，一台、二台、数台，产品介绍和现场演示产品功效，常常说得我口干舌燥，多喝水也去不掉渴的感觉。有时一天奔波下来，感到十分疲累，心里却是欣慰。

深圳最大一场台风"妮坦"过去十余天了，都说今年深圳的天气反常，我真切地体验了一把。

一天晚上，接到蛇口朋友爱珍的电话，她的发泡包装材料厂即将迎来境外一个五人考察团。为能赢取好印象促成这份长期订单合约签下，她在一个月内把工厂外墙和办公室粉饰一新，现在需要订购我公司两台空气净化机置于办公室和会议室除异味。这类场所，免不了行业气味，这款空气净化机，正好派上用场。

第二天一早，吃过早饭，我和助手阿苓就坐的士带着两台空气净化机赶过去了。

说来郁闷，去年准备用金融投资赚取的利润购置一辆宝马，型号都看好了，一场猝不及防的金融风暴，让我的资金严重缩水。本钱虽没伤及，但公司开销多，只敢用以后的利润来购置所需，目前这个还不是刚需。

早上起来风和日丽，昨晚查了天气预报，说今天多云转阵雨。赶早不赶迟，我带着阿苓往南山区去。我想天热点没关系，怕的是下雨路堵水淹，希望阵雨下午才来或者在我们回来后。

怕什么来什么，这天气如同孩儿脸说变就变，车到梅林关时倾盆大雨急速而下。天，如同漏了一般，暴雨下得雨刮器都起不了作用，车窗前玻璃一片迷蒙，车开得极慢。行至北环香蜜南这段，遇道路水淹车熄火了。司机说前面不远有公交站台，坐公交去，大车的底盘高不易熄火。

我和阿岑只好离开的士各抱一台机器艰难涉水而行，事后才知这是本市十来个容易被水浸的路段之一，这段水深齐膝盖，身右是道路边的绿化带，我看到这条灌木丛前方约20多米远，有一断开处可进入人行道，就招呼阿岑跟在我后面。

快到目标处时，突然我脚下一打滑，身体前倾就要摔下去。这一瞬，我急中生智把机器往身右的灌木丛丢下去，人就结结实实扑在了水里！浑浊的水把我从头到脚全身浸湿，倒下时潜意识里想喊，双眼和嘴里也溅入水花。阿岑慌忙把机器放在灌木丛，跑过来拉我，这时我已从水里爬起来。知道自己是怎样一副狼狈样，我用手抹开脸上湿淋淋的头发朝阿岑笑："老天在考验我呢！"

到达爱珍厂里时，她见我这副模样吃了一惊，连忙让我到厂里冲凉房洗涮干净，换上一套宽大整洁的厂服。

爱珍笑说："柏姐，你的吃苦精神比我还强！"

我朝她挤眉弄眼："我捱饿的本领可没你强噢！"

我俩一起哈哈大笑起来，笑声中带了酸楚的回忆：那是一九八九年，爱珍被招聘到南油工业区某厂，安顿住下后，被告知要等三天后和另一批招来的人员一起上岗培训。这和出发前所说到了就管食宿的安排不符，爱珍的钱没带够这三天的。口袋里剩三元钱了，只够一天吃两包方便面。那时候五角钱一包方便面。胆怯的她不敢找人借钱，只好一天吃两包方便面，早餐不吃。她饿了就喝白开水，楼道里有免费的，仍觉着饿就尽量多睡觉。

"来、来，吃西瓜。"爱珍热情地招呼我和阿苓。

眼前的她与二十多年前打工妹的她比，身家已是天壤之别，不单深圳置有数处房产，在美国也买下了别墅。中年发福的她，一笑双眼近似直线，不见了早年清澈的两泓半圆，她脸上还有年轻人的红润。

爱珍只吃一块西瓜就不吃了，先前的习惯未变：吃剩的西瓜片上丝毫不见一点红瓤，白白的。

"说说看，柏姐给自己定了小目标没？"爱珍话音刚落，我们几个人会心地大笑。

笑够，我揉揉笑出泪花的眼睛说，"王健林当初设定的 1 个亿小目标，是多少人一辈子难以达到的高峰。"

"也别想得那么难，"爱珍说，"商业做好了，要不了多少年就可以实现。"我知道，她说这话是有底气的。

我叹道："唉，要是时光能够倒流就好了。"

光阴一去不复返，若能从头来过，人人都是智者。人，只能活在当下，把握当下。

回程的 328 路大巴上，我用手指着车窗外那一片飘近的在建工地告诉阿苓："2005 年底以前，我在这里上班。"

这是南油集团大厦原址。不久，这里将要崛起一座崭新的大厦。这座大厦叫什么名字我不知道，但可以肯定的是，一个新的希望如旭日般在这里冉冉升起。

"柏姐哪一年来的?"阿苓看了一眼窗外的工地然后问我。

"一九八八年，二十八年了。"我答。

刹那间，我心里涌起一股潮水。时光飞逝，我在这第二故乡已过了二十八载春秋，这段酸甜苦辣的岁月让我成熟了。我耳边回响起小彭在"深圳特区女性演讲"中那温润动听的声音："看看我们特区的女性，一定不难发现，她们在这个世界里找到了自己的位置。"

是的，历练之后的我，终于找准了自己的位置。我的身心，我的思想，已融入这座城市，像一棵树与一片森林的关系，密不可分。

一个周六的下午，我和两文友陪同从外地来深圳讲座之后的剑云老师登莲花山。这里的绿化之美，可谓五步一景，十步一重天。年轻美丽的剑云老师高兴地在各色花丛里拍照，镜头忠实地记录下这快乐的场景。人在画中游，欢声笑语一路挥洒。

步上山顶，瞻仰过伟人塑像后，我们站在山顶广场边俯视深圳远眺香港。阳光明媚的蓝天白云下，这样一种视野开阔的眺望，我心里豁然开朗。

登高能看到山脚下看不到的景致，望见那诗一样的远方，让人心潮澎湃。我为这座城市骄傲和自豪，深圳，已成为世界特色魅力城市，经济发展和文化建设蓬勃向上，如火如荼。远眺香港，我感觉到一种兄弟姐妹的亲情在天地间恒定。深圳，香港，比翼双飞。2017 年，是香港回归祖国怀抱二十周年，我感慨：国家强大了，民族才有尊严，个人才有发展。

我的生命年轮，将伴随这座城市继续一圈圈地形成，同时刻上时代烙印。

# 悠悠闺蜜情

看到我发微信朋友圈在闺蜜家过大年的温馨图文，朋友点赞及评论感叹："人生得此闺蜜足矣！"心中甚是欢喜，我不止一个这样的闺蜜喔，前世修来的福气，我拥有人生路上多个好闺蜜。

归纳起来，我按年龄段选出有代表性的三个闺蜜来叙述，表达心底积存已久的这份感动和感恩。人说兄弟如手足，我说闺蜜亦是，是彼此给自己选的亲人。

黄工，大我十三岁，一头短发，做事干练，性格乐观开朗，有着白皙的面庞和圣母玛利亚般的仁慈心肠。用一句话概括她给予我的厚爱是：亦母亦姐、亦师亦友。

我和黄工，摄于 2013 年

　　我们在内地时同单位航空工业部设计院，她夫妇和我先生都是工程师，我属行政人员：院工会文秘兼广播室的采、编、播。按惯例，院里都在工程师姓氏后面加上工字来称呼。黄工夫妇是我们设计院较早调来深圳的，经他俩介绍我夫妇调来深圳他们所在的集团单位。有趣的是，黄工原本和同为工程师的我那一半是同事好友，熟悉我之后就成了铁杆闺蜜。此后这二十八年的悠长岁月里，我都在黄工的呵护下，每次历经人生重大转折紧要关头她都为我遮风挡雨，排忧解难。

　　九十年代初期，我遭遇了人生第一次大的困惑与曲折。那天，在集团大厦里，办完公事后黄工顺带来看我，适逢我一人在办公室。她关切地问："小柏，你气色不好，怎么了？工作太累了吗？还是休息不好？"贴心的话语，让我不由得眼泪扑簌簌而下。此后较长一段日子里，她以慈母与亲姐的呵护，恩师及密友的睿智，助我走出那一段沼泽地，让我理清乱麻一样的思绪。人生路上，我又一次砥砺前行了。

　　记得那个年头，上学前班的女儿最爱吃黄工做的炒螃蟹了，香喷喷味道极鲜美。那时候的膏蟹质优价格也不菲，平日里生活节俭的黄工，款待起我和女儿来可是大气。每每回味黄工的炒螃蟹，仍觉唇齿留香。那一段住在黄工家的日子，令我和女儿难忘。

在我装修好房子搬入的那天下午，黄工前来帮我整理书房，摆放书籍入橱窗至夜晚，忙碌的身影嵌入我心里。

时光如白驹过隙。一转眼女儿上深大附中高一了，长大的女儿视野拓宽有了自己的想法，她想去国外锻炼自己。我也赞同，觉得孩子大了可以出去闯荡。不到一月之际，办妥了去英国的留学手续。

女儿出国前夕，黄工赶来送了一个大红包。推辞不过只有收下这份亲情。

说黄工像圣母玛利亚般仁慈，一点不为过。刚来深圳的头几年，黄工家从内地来找工作的亲朋好友络绎不绝，多的时候床位住不下，打地铺都占满了客厅位置。我听见好友对她说："老是来人那么多，烦不烦啊？"她笑眯眯地说："不要烦，先来的，要帮后面的人。"

古道热肠的黄工外貌看似柔弱，却有着见义勇为的铮铮侠骨。一次早上买菜途中，她看见一个小偷跟在后面扒拉一位老太太的手提袋，老太太浑然不觉。黄工急得高声叫喊"小偷，偷钱包啦！"，把那小偷吓跑了。家人知晓后为她捏把汗，说以后不能这样，怕小偷报复。我也这样劝说。黄工抿了一下嘴唇说："如果被偷的是我，你们看到都会喊是吧？将心比心啊，想想老太太家里的人。"她一句话，说得人没有劝的份了。"注意保护自己是对的，我在后面，小偷不知道是谁喊的。"黄工笑了补充说。

退休后的黄工，把生活安排得多姿多彩，她把多年前忙于工作和生活所耽搁的事情都弥补上了：学钢琴、学摄影、学拉丁舞。黄工多年前交谊舞就跳得好，退休后专门再学拉丁舞，这一来，她的舞姿更有范。除了学习那些课程以外，好动的黄工满世界去旅游，几乎游遍了世界上该去的一些国家。这样的时段里，我和黄工联系少了，只要知道外出了、回来了便好。黄工"背包走天下"的胆魄令我钦佩，她只选择自助游，和同事好友结伴游。

一次赴西藏，途中同事患感冒不能进藏就和她先生打道回府，黄工不改初衷只身一人去了西藏，她已是过六奔七的年龄了。明年，她约我共赴西藏游，她说，去一次不够，那样的地方值得再去。以黄工的身体素质，再去西藏没有任何问题。退休后这些年，她的大部分时间都在旅途中，回到深圳，她就经常去跳拉丁舞。这样一种生活状态我很是钦羡：轻松、愉快、自在，走过千山万水，尽览自然与人文景观。

说起来我的第一次出境游，还是黄工夫妇带去的。那是1991年初，黄工的先生是环保行业专家，受邀前往澳门考察三天，可带同两名随行人员，我就被他俩带上享此福利。此时尚未回归的澳门，我见到的一切都觉新奇，回来后，我把这些感受变成报纸上的铅字，连载四次发完《澳门见闻》。

光阴似箭。2014年的夏天，我恢复了单身：因为另一半不可救药的嗜赌如命，我逃离了那个令人窒息看似舒适的窝。这一次，我在黄工和国丽妹妹家中分别住了些天数，休养生息后才缓过劲来。

这个晚上，黄工送我从她家出来。路灯下的街道，铺满了暗黄色的星星点点灯光。清风习习，我俩坐在公交站台的候车椅上，风拂动了黄工的发丝。她拿着手机用微信语音说："小柏，从今往后，你一切都会好好的啊！"说完，她关闭对话框笑对身旁的我说："留言在这里，你会天天顺利的。"顿时，我觉着鼻子发酸喉咙发哽。及至上了车，看到黄工朝我挥手，我挥挥手掉转头，忍不住眼泪落下。

安顿好新家后，我把一众好友请来饭聚。除了华英妹妹远在美国未能邀请外，我的不是亲人胜似亲人的闺蜜好友携先生而来。餐前，我端着酒杯虔诚地给众亲深深鞠了一躬致谢，泪水再一次模糊了双眼。

当我度过了这次人生低谷，恢复内心平静后，我问黄工："您为什么对我这么好？"

　　她笑答："上辈子，我们肯定不是母女就是亲姐妹！"

　　2016 年的金秋十月，在我的新书发布会暨讲座上，好姐妹悉数到场。另有两个姐姐的到来给我很大惊喜：两段岁月中，我们属于妯娌关系，她俩与我的亲情在悠长岁月里，没有随我退出日常视线而疏离。心是相通的，这几个字用在我和两个姐姐之间是精确的。一个长达十年未见，她从朋友信息中得悉我的讲座，携丈夫前来给我助阵，给我一个大大的惊喜；另一个姐姐六年未见，携她的闺蜜前来给我鼓劲。这俩姐姐和黄工在人生旅途给予我的，用恩重如山来形容一点不为过。三个姐姐在发布会现场聚齐了，她们互不相识，却在我的生命中胜似亲人。新书发布暨讲座，我收获了许多鲜花和鼓励，幸福感满满。

　　华英妹妹，小我五岁，高挑的身材配一张鹅蛋脸，性格开朗乐观。我来深圳工作之初便与她结缘，记得那是我刚到集团上班不久的一天上午，她来大厦办事后顺便到我们这里见一位老乡，老乡不在我们两个相谈甚欢，此后联系多了成为闺蜜。

　　她是本开发区内一家公司的财会人员，因为精通业务，两年后升职为财务经理。我初来集团工会时的工作岗位兼着财务会计，少不了华英妹妹的指导和帮助。记得有一回做年报时间紧，我因身兼数职忙得难以完成繁杂的报表任务，她帮我在家里加班至凌晨一时多。

那天，我要往一个单位办一件重要事心里没底有些不安，和华英妹妹说后，她请假陪伴我去了。女儿生日时，华英妹妹上门来和我们一起欢度。点点滴滴的汇聚，成了一泓永不枯竭的清泉，放在我的心田。

九十年代初期的一个重阳节，我带着刚上小学的女儿和华英妹妹一起，晚饭后去登高爬蛇口大南山。月色下，那晚人多得如蚂蚁般密密麻麻。上山容易下山难，遇到一

和女儿与华英，摄于 1994 年夏

处几米长的陡坡，成人像坐滑梯一样往下滑。女儿不敢，吓哭了。华英妹妹就先滑下去迎接她说："来，好孩子，不怕，阿姨接着你，牵着妈妈的手滑下来吧。"她的话安抚了女儿的情绪，我们顺利下坡。

1993年的春节令我们难忘：没有回老家的她和我们一起度过。第二年夏天，华英妹妹办妥去美国的手续，要远行了。这一走天各一方不知何时能见，临行前夜，我和女儿去送别。到达时，她的妹妹和亲友也在。我们几个人打地铺睡在地毯上，女儿和华英的感情甚深，当听到华英说我以后会回来看你们时，暗夜里透过窗外折射进来的灯光，我看见女儿在用手抹眼泪，能看见她闪亮的泪珠。懂事的孩子，她怕哭出声音来让大人难受，一个人承受着，我心里也在为惜别流泪。

赴美半月之际，华英妹妹从美国寄来了信件。我没有及时回信，心想远隔千山万水的，华英妹妹刚去诸事百忙，不复也就不用她短时间里再写信。然而她随后又来了两封信，接至第三封信后我赶忙回复，不由得心生感慨："人走茶凉"在真挚的友情面前永远不存在。

此后每隔一段时间便接到华英妹妹的越洋电话，她叮嘱说要由她打来，理由是那边的国际长途话费比国内的便宜。有次我打过去她即挂断再打回来。后来我们上网视频聊天，再后来有微信了，也就更加方便。

2004 年的夏天，离开深圳十年的华英妹妹携先生和一双儿女回国探亲，相聚的欢乐盛满了这个夏天。我们在仙湖漫步，在小梅沙的海里悠游，雪白的浪花裹着我们的欢笑声。此时我的女儿已远赴英国留学，未能一起欢度。

华英妹妹嫁给了一个希腊籍美国人，认识他的时候在读博士，现在是硅谷的苹果公司工程师。她先生皮肤白皙温文尔雅，一对混血儿的金童玉女，要多漂亮有多漂亮，看着好生欢喜。此时儿子七岁，女儿四岁。华英妹妹和先生像一对新婚不久的夫妇，他俩说话时常常面带笑容喃喃低语。华英妹妹初到美国头几年，在会计事务所做她的老本行工作，成家后有了孩子就在家相夫教子做起了全职太太，直到如今。她一人在家的时候弹钢琴，种花草，日子过得自在充实。

华英妹妹告诉我：她先生不讲究吃穿玩，光知道上班工作，回到家总是找些修修整整的事情来做。比如打理花园、游泳池换水、下水道堵塞疏通、电器修理等等。节假日的旅行，都是华英安排，妇唱夫随。

我笑对华英妹妹说："这么个典型的中国传统式好男人在国内都难见，给你在国外遇到了。"

这样幸福满满的一家人，被国内亲朋好友称羡不已。

华英妹妹去美国至今 24 年了，她的本真丝毫不会改变，我给她的评价是：即使当上总统了，她也还是她，为人性格一点也不会变。

如今，华英妹妹的一双儿女已长大，儿子读大学四年级了，女儿今年上大二了。

我和华英妹妹多年前相约美国聚，因我的忙碌和她照顾孩子亦忙而延迟。为了促成我的今秋出行，华英妹妹亲自为我上网填表、指导签名、为我预约驻广州的美国领事馆面签。这些完成后，她再花费心思来回数天搜寻合适的航班与时点，为我订好机票。接下来为我精心安排行程，井井有条丰富多彩。美国之行一个月，在我的人生历程中，在我和华英妹妹相聚以及她的操劳下，留下浓墨重彩的图画，令我终身难忘，凝聚成另一篇文字详述。

国丽妹妹，也是来深圳伊始就结缘。那时我们都好学，参加成人高考进入深圳大学工商企业管理专业，同学中我俩一见如故成为好友。她漂亮的容貌和身材，加上得体的着装惊艳了同学们的眼睛，尤其是男同学。那天，国丽一袭蓝色 V 领连衣裙款款步入教室时，班长马上问我她是谁，他对国丽的名字不熟悉。国丽从蛇口工业区来，在一家大型丝绸制衣厂做文员工作，傲气的她没有给那些男同学搭讪的机会，一副拒人于千里之外的样子，她那时已有对象。后来，她离开丝绸公司做起了丝绸贸易生意，来自浙江的她了解那里的市场。再后来，她开过美容美发店，直至她打理店铺嫌累，就转让给人不做了。到了该结婚的时候，她嫁给一名香港医生，过起了幸福闲适的专职太太生活。

说闲适，她并没闲着，上午下午各花两个小时炒股，多年来她不亏只赚。2007 年的牛市她赚了六倍，2015 年的牛市她亦赚了数倍，每次她总能根据自己的感觉在顶峰来临前抽身而退，用她的话说是有赚不贪就好。她对楼市投

2017 年春节，在国丽家

资的理念也是如此，把收租嫌烦的那套房，在 2016 年的次高峰卖了。每周一至五的炒股时间之外，她将生活打理得有声有色井井有条。

国丽妹妹和我前面所述的两位闺蜜一样，心灵手巧会持家，亦爱好旅游。她还喜好唱歌和舞蹈，会专门花时间报班学习。其实，这两个爱好也是我一直以来有的，遗憾的是没能和她一起正规学。国丽妹妹学的是民族舞，会随舞蹈队上台演出。小时候起直至工作了，我学过的舞种仅有新疆舞、朝鲜舞、蒙古舞，及至后来的印度舞，都没学到位，还想抽空再学点，一为健康和保持身材，二是喜欢这种舒展的优雅。有感而发的是：舞蹈，是"台上一分钟，台下十年功"；而文学，何止十年功，几十年甚至倾注一生的心血，也许还写不出一部精品。

国丽妹妹假期常和先生外出旅游。我们曾经相约，却未能成行，由于我的忙碌。我规划着：以后的岁月里，我一定要和几个闺蜜去想去的地方旅行。

国丽妹妹不单在服饰上有她敏锐的鉴赏力，穿着靓丽有品位，在家居布置上也颇见艺术水准：房子的装修彰显她不落俗套的审美情趣。她的家让朋友们直夸大气漂亮，温馨舒适，有个朋友是电视导演，索性把她家的场景用到了电视剧里。

　　最让我赞叹的是人到中年的他们两口子，总像恋爱时那样相处，无论在电话里还是一旁有别人，她先生总以宝贝称呼她。我和国丽妹妹外出逛街回来，她进门还未见丈夫就喊他的爱称："辛尼，我回来啦!"然后，扑到闻声而来的老公面前给他一个响吻。这让一旁的我涨知识了，原来这样甜腻到老亦是夫妻恩爱之道。

　　因忙于小说集和多项文学活动，与国丽妹妹久违未见达一年，她嗔怪我说："再不见面我都不想理你了! 生活中不是只有文学啊，好比你天天吃鲍鱼，腻死了。"可爱率性的她。

　　我欣然接受了国丽夫妇的邀请，一起过大年。借眼疾手术后的康复期，我放下码字，在国丽妹妹家度过了温馨舒适的 2017 年春节。这个假期里，数个小插曲开心了每一天，国丽妹妹让我三次笑出了泪花: 给我照相时那个认真劲一跃上了灶台; 互换唐装时我俩哈哈大笑; 早上一觉醒来刚出房门，从客厅往过道扑过来的国丽妹妹笑喊:"起来啦，新年好!"及至到了面前一把抱住我:"爱你! 爱你!"我乐得抱起她来一瞬间让她的脚离开地面。她先生受到感染也笑出了声，这是一个脾气性格极好的男人，谦谦君子，对国丽呵护有加，对妻子的闺蜜也是厚待不已，如果国丽发了关于我的微信他也转发，还特意注明:"这是爱妻的闺蜜。"

　　每当这对港籍夫妇从香港的家回到深圳的家，先生就会把阳台冲洗干净。作为医生的他生活很有品味，客厅立体声环回音响里，他放的是好听的世界名曲。这个假期我在他们家听得最多的是安德烈．欧瑞演奏的作品，典雅的"浪漫时刻"、"圣母颂"、"罗密欧与朱丽叶"、"多瑙河之波"等名曲，绕梁盘旋的音乐听来惬意舒适，浸润心间。我笑言："人每天这样过日子会长寿。"

　　国丽妹妹的先生会煲几种糖水给我们享用，能做出美轮美奂的微信相册发朋友圈。这个欧式豪华装修大宅里，阳台上就可以欣赏到无敌湖景：国丽妹妹独具匠心把阳台一端的整面墙装上镜子，如此，湖景就进了阳台，蓝蓝的天空，绿绿的湖水。阳台另一端放有一个欧式双座秋千摇椅，如此，阳台的两端就相映成趣构成一幅浪漫图画。

　　阳台中间，置放了喝茶的休闲桌椅，坐在这里和知己闺蜜喝茶聊天，甚觉心旷神怡。

　　曾看到微信朋友圈一段让我感慨的话：谁不是一边受伤，一边成长；谁不是一面流泪，一面坚强！人生说到底，百般的滋味要自己尝，难言的苦痛要自己扛，落下的风雨要自己挡。

　　我有至情至真的闺蜜，能在遇到痛苦时变成半个，有欢乐时变成两份。人在低谷的时候，能看到真情和人心。国丽妹妹对我说过这样一句话："好朋友是拿来干什么的？就是要在有难的时候相帮。"

是的，我在那种时刻得到了好友闺蜜们的雪中送炭、拔刀相助。

2014 年夏天的那个夜晚，闺蜜间上演了一幕紧急接力营救：我为求解脱另一半滥赌的桎梏，从弥漫了硝烟气息的家里逃离。这边的闺蜜用车将我送往梅林关口，那边的国丽妹妹夫妇将车停在关口迎接。见到亲人一样的他俩，我伤心得伏在国丽妹妹肩头大哭，她先生轻轻拍着我的背安慰道："柏姐，不怕，你安全了。"

先后问过我的几个闺蜜：为什么要对我这么好？回答几乎同样：你善良，真诚，也是一个乐于助人的人。

我知道，与闺蜜是"物以类聚，人以群分"，相同的三观我们才能走在一起。这种宝贵的感情，我无比珍惜。

许多年以后，我们都将离开这个世界，带不走一草一木。然而，精神的东西可以在天地间长存，在文字间永留。夜深时分，写到上述有的段落，当年的感动仍让我哽咽落泪，为那种时刻闺蜜给予我无私无畏的友情和大爱，抚平我生命中的创伤。拥有如此纯真闪烁人性光芒的闺蜜情，令我铭心刻骨，终生难忘。却原来，闺蜜情与亲情一样，是可以到地老天荒的！这种浓情伴随着人生旅途，不因时光的风雨尘沙而磨损，历久弥坚，是一道靓丽的人生风景。

本文将完成的前两天，接到红姐母女俩从大连打来的微话，邀请我去她家靠海的新宅度假。红姐的家从北京到大连，越住越有品位：大连金石滩住宅区，三面环海的黄金海岸，是国家 5A 级旅游景区。我认识红姐母女俩是2006 年在北大进修学习时，红姐女儿是在校生，我和红姐相识在中文系的课堂上，她亦是勤学之人。红姐母女俩到我住的"45 楼乙学生公寓"来看我，邀我到她们北京的家里吃饭，我对桌上从大连带来的海鲜和鱼豆腐的美味至今难忘。这份亲情，从北京延伸到如今直至永远了。

感谢上苍，绵长岁月里，我有多位闺蜜相知相伴，因笔墨和篇幅原因未能一一列出。借此文，我对上述几位以及红袖、婧云、千红、肖霞你们这些肝胆相照的闺蜜深鞠一躬：感恩，感谢！

# 小棉袄

二十八个深圳年轮

远在伦敦的女儿微信告诉我："妈妈，我家阳台来了一只鸽妈妈，下了两个蛋。"

我乐了："女儿，好兆头啊，鸽子都跑你家来生孩子，你快点结婚吧！"

看到女儿的信息或语音留言，我就暖意融融，只要女儿不忙时母女俩就通微话。都说女儿是妈妈的贴心小棉袄，这话一点不假，哪怕远隔千山万水天涯海角，也能感受到这份温暖。有女儿，真好！

女儿继续在微信里说："妈妈，你住地周围有什么名字的足浴店？我要送你按摩卡。"

我噗嗤笑了："女儿，英国买的按摩卡，在国内能用吗？"女儿答："淘宝网上买呀。"

女儿6岁生日时

原来如此，现在的网购真细致。我告诉女儿，不用给我买按摩卡，没有时间去做。

又过了两天，女儿告诉我，鸽子的妈妈和爸爸，轮流来孵蛋，各孵几小时。我一听又乐了：从来都以为鸟蛋是它妈妈生的，就由妈妈孵，怎么还要爸爸孵？长知识了！我让女儿追踪报道给我，甚觉有趣。

小棉袄给我的暖心体贴，从她小时候就能感受到。有回不知怎么说到人会老去不在了。女儿一把抱住我哭出声来："我不要妈妈老去！"我顿时眼眶湿润，搂紧她说："不会的，妈妈不会老。"

一个周末的午后，我清洁厨房。把炒锅放在地面报纸上，我蹲着用钢丝球蘸洗洁精擦去油烟污渍。上小学的女儿也来蹲在旁边，拿钢丝球帮我擦拭不锈钢煮锅。她边擦边兴致勃勃地说："妈妈，等我长大了，我要把自己的家打扫得干干净净。"我哈哈大笑："好呀，我女儿从小就懂得料理家务。"

现在，远在英国伦敦定居的女儿有了自己的家，一个整洁有序的家。年轻人各有各忙，女儿即使忙，也没忘了不断给妈妈表达爱心：从英国给我寄来或探亲时带回 LV包、液体钙、复合维生素片、椰子油、护肤品、香奈儿香水等等，还会给我网购美国产苹果醋酵素，细致地告诉我使用方法。

女儿还说，等以后我的年龄到了，她就申请我去英国定居。我明白，这如同深圳随迁户里的长辈。我对女儿说，常去你那走动住住可以，将来养老还是在国内。英国那里感冒看个病都得等半天，烦人。记得多年前报载有个著名例子：时任新加坡总理的李光耀，携夫人外事活动去了英国，其间夫人患感冒到医院也要排队候诊。惹得李光耀总理生气，提前结束活动日程回国。英国医院的原则，有急病重病患者均优先救治，其余患者排队等候，即便你是贵宾也如此对待。所以，李总理的夫人就受到了这般"礼遇"。

女儿有次晚餐食物中毒呕吐了，连忙去医院看急诊，结果让她等了数小时。因为医院来了骨折病人，护士医生忙于这摊去了。我对女儿说："养老还是要在国内，医疗便捷，药店到处都是。我有闺蜜好友，可以结伴去养老院养老。"女儿说，"给你申办这边永居卡，两国来去都不用签证。如果以后要在中国养老，那我就回来照顾你，早些回国定居。"这样的体贴感何止进了妈妈心里，是渗透到了骨子里。

乖巧的女儿是上天赐给我的至宝，她一出生就带给我惊喜。在湖南省城那家医院，产房里接连出生七个女孩，她排序老七。那时医院不像现在刚出生不久的婴孩就放在顺产的母亲身边，要过 24 小时才抱到母亲身边来。当护士把包裹在白色襁褓中的她递到我手中的那一刻，我惊呆了！

这是我生的女儿吗？漂亮的双眼皮，还没睁开眼就笑了，粉嫩的脸上露出酒窝。我欢喜异常，她以这种方式对承受了一晚分娩之痛的母亲致敬。睁开眼睛后，她还是不时露出笑容。病房里还有三个产妇过来看，直夸这孩子漂亮：圆脸，大眼，小嘴，高鼻梁。她不像别的婴孩脸上全是红通通，该白的地方白嫩，尤其额头，两边脸蛋中央才是红扑扑的。

我捧着女儿爱不释手目不转睛地看，忘记时间忘记把她放入床上棉被里。这是大冬天，尽管房间里不算冷，可女儿毕竟是从婴儿温室抱过来的，其中有温差。直到女儿先后打了好几个喷嚏，邻床产妇提醒我别让孩子受凉了我这才惊觉，赶紧把女儿放在床上盖好棉被。

产房病室传开了，说连生七个女孩是七仙女下凡，其中老七最漂亮，邻房的产妇们相继过来探望。及至回到工作单位设计院，我的同事、女儿她爸同事、还有爷爷奶奶的朋友陆续前来看望："听说你们家生了个仙女。"看了以后，都夸漂亮。

女儿在满月那天，给我一个大大的欢喜：当晚抱着她坐在客厅看电视，她居然无意识中发出一声"嘛"，把一家人乐开怀都说是叫妈了！那一瞬，我竟觉神童降临。

据说婴儿最初一周没视觉，我的"育孩日记"里记载：女儿第四天有了视觉。她对卧室里的一切都感兴趣，睁大眼睛看了许久室内的陈设。抱她到卧室门口，隔着门上的玻璃窗，她看着站在门外凝望她的爷爷奶奶，专注而持久。爷爷奶奶爱护孙女心切，满月前不抱她。这对视良久的温馨场面，让我感动。

接下来，我们做父母的犯了不该犯的育孩错误，听信女同事的建议：女孩要睡米枕，脑袋睡扁以后扎辫子漂亮。自然，她也是好意。我们稀里糊涂做了米枕给女儿用上，如果说孩子单睡米枕不被襁褓捆住也就罢了，她还能活动身体侧睡，不至于受虐脑袋睡在硬硬的米枕上不能动弹。现在想来当初孩子该有多难受，幼小的她不能表达自己的诉求和抗拒。中国人对待婴孩的两个最大陋习就是米枕、襁褓，都让我家赶上了。由于婴幼儿穿脱衣服不便，普遍将其置于襁褓再用布带捆上，方便抱方便给孩子喂奶，让其手脚不乱动，一般都如此对待一个月，尤其冬天。

其实，初生婴儿最初一周在襁褓里尚可，此后应尽快让孩子穿衣服，让其手脚能自由活动。

孩子天性好动，女儿在襁褓里脚伸不出来，就努力把手伸出来。由于那个缝隙只方便左手伸出来，所以女儿从小就成了左撇子。吃饭拿筷子用左手，上学写字也是左手。做家长的觉得这样和大众不合，就刻意让她改回来用右手写字。在其它方面，她仍然习惯用左手。

女儿出生在寒冷的冬天，外婆早早做来了薄棉被一般的襁褓。为防感冒和省去穿脱毛衣棉袄的繁琐，做父母的索性让她在襁褓里呆了两个多月，几乎把冬季过完。记得孩子满月之后，她用天性表达解脱束缚的意愿：每次打开襁褓给她洗澡之前，她欢快地用力蹬腿，使自己的身体不断上移，直至头部顶着床头。这时候米枕头已经在她的背部了，我们看得哈哈直笑，却没意识到身体的无拘无束对孩子有多么重要。

襁褓束缚了孩子的早期身体发育，导致女儿以后身高未能达标。看看周围，孩子没有不超过母亲身高的。因了襁褓的束缚，导致孩子睡在硬的米枕上时间过长，后脑勺平了，所谓"扎辫子好看"。每每想到此，我就痛心疾首，好端端圆圆的脑袋，本来可以身材更修长，却因两个传统陋习被家长浑然不觉"暴殄天物"了。可怜女儿长大后，想纠正回到原本的头型，想要长得高点，很长一段时间她坚持侧睡在木质的硬枕上，或平躺在中间镂空的圆形枕上，还有勤奋地做单杠拉伸运动，都无法达成她的心愿。

我内疚地对成年后的女儿说："以后妈妈当外婆了，再好好弥补这份过失吧，把外孙带好。"

想告诉所有的新生儿家长：米枕和硬质枕头、使用襁裸超过一周,这两样应坚决摒弃!

女儿是一株夹缝里顽强生长的小草,她小时候连感冒都很少得。虽然长得小巧玲珑,小脸蛋上立体精致的五官依然出众,尤其是这双会说话的美丽大眼睛,把心灵的窗户清澈地呈现。聪敏好学的她从小学开始没少捧回奖状,我这个家长也跟着沾光,多次被学校评为优秀家长。女儿天生有个好嗓子,说话唱歌都好听。她的小学音乐老师对我说,等她长大了应该去报考广播学院。

我又错了,一心想要女儿多学点本领,把家长以前造成的遗憾补上。我先后送她学舞蹈、唱歌、表演,还学钢琴和绘画,把她的课外活动排满了。女儿小学起,除了体育不占优势,其余似乎成了一个全面发展的小明星。学习成绩优秀之外,她的少儿国标舞获得全国比赛第五名,取前六名;唱歌获得省电视台少儿"金嗓子"奖;从区、市级比赛一路过关斩将,成为深圳市电视台少儿节目主持人。那段时期,市电视台晚上转播《新闻联播》之前的十分钟,有她的讲故事专栏节目。周末假日和女儿去公园玩,有老奶奶和孩子认出她来:"讲故事的姐姐!"她的小伙伴们以能上镜陪伴在侧听她故事为乐,回头在家看这个录播的电视节目好开心。有位学生家长夸我女儿优秀后说:"她不是你家女儿,她是人民的!"

　　女儿讲故事对角色把握得惟妙惟肖，她能模仿老头老太太的声音，学起小猫、小狗、小老鼠来，让人忍俊不禁。她穿一袭白色蕾丝裙扎多个小辫子的漂亮模样，像彩画本里的"白雪公主"。

　　那年，蛇口举办首届少儿"故事大王比赛"，尚在小学六年级的她被请去做评委，可能是主办方觉得她讲故事在行、从她的角度选取获奖者有信服力吧。迄今，这是我所见年纪最小的评委。

　　女儿的悲悯情怀与生俱来。有次陪她去电视台录制讲故事节目，坐在公交车上，听到靠窗的她自言自语说：

在深圳电视台《小金牛》栏目里讲故事，摄于1995年

"这只蚂蚁好可怜啊！"我凑了过去："怎么啦？"

"妈妈"，女儿指着车窗台面说，"你看，这是它的妻子。"顺着女儿手的指向，我看到窗台上一只蚂蚁，不知为何被粘住了，四肢陡劳地挣扎着。那只比她大的蚂蚁焦急地在旁走动，有时挪动她，试图把她救起来。我惊讶女儿观察得如此细致，她确定这是一对夫妻。是的，我越看越像夫妻，若是长辈与晚辈，身体比例悬殊会大。仔细看，妻子纤细，丈夫壮实，它们那焦急的身体语言，活脱是一对恩爱夫妻。过了会儿，女儿看到蚂蚁丈夫还不能把妻子解救起来，就用手里呈方形折叠的纸巾一角，轻轻拨动蚂蚁妻子。试了几次后，蚂蚁妻子居然离开了粘着她的台面，走动起来，然后越来越快地和丈夫往窗沿缝隙而去，直到看不见。车窗是密闭的，我心里祈祷这对爱情故事的夫妻安好。

那段时期，女儿每周还去蛇口少年宫学舞蹈三次。我没有想到，她会把坐中巴车来回的四元钱省下来，每次步行往返。在我生日这天，她用节省下的钱给我买了一款漂亮的生日蛋糕，还有一串可爱的金属风铃。送给我的生日卡很别致，就是风铃中间垂下来的这块心形工艺木牌。女儿在上面写道："亲爱的妈妈，祝您生日快乐！永远青春美丽！爱您的女儿。"我摇动一下这块心形木牌，风铃就奏响一串美妙的乐声，像女儿银铃般的嗓音。

这件事感动了我也留下创作素材。一次区里文艺汇演，所属的粤海街道办找到我们集团，让代表街道办出一个节目。我受命后就和女儿自编自演了一个小品：《给妈妈的礼物》。说的是母亲节这一天晚上，加班回到家的母亲忘了这个节日，女儿递茶捶背还送上一个音乐盒，给母亲以节日的祝贺。打开音乐盒，里面传出的是女儿甜甜的祝福声！母亲惊喜之下女儿揭晓说："妈妈你忘了吗？我是少年宫科技小组的。"母亲感动落泪，结尾母女深情相拥定格。

演出结束后，女儿同学的妈妈对我们母女俩说，在台下看哭了！其实，早在五年前女儿就有一次把我感动得要落泪：那次晚上加班，我把尚在上幼儿园大班的女儿放在好友小许家，请帮忙照看几个小时。饭后小许让女儿看电视还给了葵花籽让她慢慢打发时间，待我来接女儿时，她高兴地扬起手中用保鲜袋装着的一大把瓜子肉对我说："妈妈，给你吃的。"好友小许惊喜地说："这么小就会疼妈妈了！她问我要袋子装瓜子肉，我还以为她剥完壳以后自己吃的。"

抱着女儿回家的路上我对她说："你吃，乖女儿，妈妈不吃。"她说："妈妈，你吃吧，我吃过了，我把黄的瘦的吃了，白的胖的留给你。"我听了鼻子发酸喉头哽咽，忍着没让眼泪落下来。

女儿渐渐长大，上小学四年级了。这天下午，她从少年宫的舞蹈班下课准备坐中巴回家，她约了楼下的女同学来家里玩飞行棋。那时节，中巴车随处可见招手可停。从家里往返少年宫坐公交车的站台太远。女儿下课出来站在马路边，朝开过来的中巴招手。谁知车到跟前不停，依旧风驰电掣般开过，这个无良司机不愿为一个小孩停车，往常几个孩子一同候车，中巴会停下。可怕的是这当口，车轮擦近了女儿的鞋尖！不知是被这阵风刮着还是因为惊吓，女儿倒下了，好在是往后。不然，我将被打入万劫不复的地狱！当时女儿哭了，回家后也没给大人说，怕家长担心或者说她靠车道太近。事后女儿对去少年宫学舞蹈很是抗拒，不明就里的我有次看她坚持不去，气急之下说不能半途而废，还拿扫帚条赶她走，

女儿跳国标舞的舞姿，摄于 1995 年夏

这事现在想起都是泪。直到女儿快小学毕业了，才告诉我这件可怕的中巴事件。从这时起我给她把所有课外活动都停了，也为对待日渐繁重的课外作业。

转眼间女儿读深大附中高一了。长大的女儿视野拓宽有了自己的想法：她要去国外留学锻炼自己。我赞同，孩子大了可以出去闯，独立性、自理能力会更强。不到一月之际，我为她办妥去英国的留学手续。

新年的一月底，女儿只身一人前往英国，由寄宿家庭接机。寄宿制是英国学校对未成年人留学的关爱。时值英国天气正冷，在机场候机时，我特意从行李箱里拿出一套厚实的保暖内衣，让女儿在洗手间换掉那套薄的，外面穿上毛衣，到了英国再加羽绒服。我说这样下了飞机就不会挨冻，女儿听话地换上了。谁知飞机上暖气挺热，十三个小时行程的煎熬。这种最厚的保暖内衣加套头衫毛衣，让女儿在飞机上不方便脱换。她只好强忍着大汗淋漓，像感冒发烧一样难受。天，我又无心虐待了女儿！此后冬天里我实验：最厚的保暖内衣抵得上两件毛衣。

按当时的出国限重，我把行装打点做到极致：托运的大行李箱30公斤重，背上的背包8公斤重。唯恐女儿刚去英国不适应，我把能想到的物品都给她带上了。在香港机场托运完行李箱，看着弱小的女儿背着十几斤的大背包走过闸口，越走越远直至离开视线，我瞬间泪奔，心里万般不舍。

赴英途中，女儿经受了第二关考验：不知是否国内办理留学方和英方的疏忽，没人告知女儿到了伦敦机场要转机往利兹、怎么转。结果下了飞机在伦敦机场里，女儿用她刚读高一的英语水平，询问身边路过的乘客，当问到第三个时，一个英国人的乘客向她讲了转机事项。

设若这年龄段的我，在如此陌生的环境且没见到工作人员时，我会急得哭。

和女儿骑马，摄于 2003 年女儿回国度假时

懂事的女儿，在英国读大学和研究生的年头，她会在假期打零工赚取零用钱。比如说，在大学餐厅里端盘子，

在球场小卖部当售货员，在中国人开的珠宝店当售货员。这些事情出国前没人和她说也想不到，我感觉女儿一下长大了，从刚去英国的转机开始。原来，成长可以是抛去曾经的习惯，走出曾经的舒适，勇敢对待未知的事物，变得更加独立和坚强。

女儿在英国学习认真，考入了伦敦政治经济学院。这所大学产出过英国首相丘吉尔等一批英才，其中二十多位获诺贝尔奖。从 A – Level 这个相当于国内高中课程读至大学本科再到研究生毕业的女儿，先后在会计师事务所和金融机构工作。她的梦想是有一天条件成熟了，创办自己属意的行业公司。女儿的能力在她小学二年级时就显露出来了，那是她外婆第一次来深圳的当天。下午放学后女儿召集了班上大半同学来家。我到车站接了母亲进门就惊呆了：二十几名男女小同学的喧闹把屋顶都要掀翻了。女儿说，这是为外婆开的庆祝会。有节目表演，唱歌的，讲故事的。同学们凑钱买了一堆糖果点心在茶几上。刹那间，我不由得佩服女儿小小年纪有这般号召力和领导力。这也是我见过的最小年龄群的派对和众筹，现在想起来还忍俊不禁。

女儿从英国回来探亲的日子里，假期也不闲着在这边学车考取了驾照。那种刻苦认真劲和考试难度让我佩服。最难忘的是 2010 年夏季，我和她游览上海世博会的五天。

节俭的女儿在网上订了家庭旅馆，既省时间又省钱：这里离世博会比酒店近得多，不用清早赶车，走路只花五六分钟就可以到达世博会大门口。占地面积 5.28 平方公里的世博会，万花筒一样精彩纷呈的各国展馆，我们每天从早到晚暴走游览，只三天时间脚就起泡了，第四天在旅馆休息一天。而第三天早上，发生了一次惊心动魄的走散事件。

朝霞刚从东方天空露出一点娇艳，我和女儿就像前两天一样在世博会门口排队了。今天开闸后进场人流如洪水，比前两天更猛烈，我和女儿被冲散了！

她身上没有手机且无分文，回旅馆的钥匙在我身上，按当时状况我俩都不会想到回旅馆，会立刻焦急地互相寻找。如果她在世博会找我一天都没见怎么办？她怎么喝水吃饭呀？此刻，我才知道什么叫人海茫茫！我发疯似地奔走呼喊女儿的名字，我责怪自己太粗心，来这里怎么不想到会走散？怎么不给女儿身上放钱，为什么不给女儿办个回国用的手机卡？你这当妈的太差劲了！走着跑着我真想哭，望着汹涌的人潮，我无助地停下脚步，大脑空白了。

顿了顿，我脑海里闪过一个念头：找广播站去，让广播通知女儿到这里来!

到了广播站我正说明情况要求播出寻人消息时，忽见女儿从门外走来叫我。惊喜万分的我说："乖女儿，你也想到来这里!"

这一刻，我竟觉着和女儿是五百年前失散的缘，在这里相聚了! 我激动得眼泪在眼眶里打转，脸上却笑开了花。

女儿平静地说："只能往这里来了。"女儿的话让我惊讶，她遇事比我这个当妈的还要沉稳冷静。

也许，危机时刻应变是成长中的一课，女儿初去英国途中遇到过，这一次又是。我奇怪她能在这种境况下，用冷静代替人们惯常有的焦虑，这种能力哪来的? 家长没教过她，况且我这家长也不合格。

我想起来女儿经历过三次军训：分别在小学六年级、初一、高一这三个

军训的女儿(前排左二)，摄于1999年

学期之初。印象深刻的是女儿说她小学六年级第一次军训时，酷暑的下午两点多钟急行军，她早晨带的水已喝完，嗓子干得冒烟。途中遇一处自来水龙头，同学们蜂拥而上抢着灌水壶，她个子小力气弱没抢上，队伍在远去只得跑步跟上。烈日下有女同学晕倒了，她没有，坚持到底。我听了觉得她是奇迹，靠的是意志。

感谢上苍，赐给我这么好的女儿。

远方的女儿，谢谢你给我的人生启迪。

岁月长河里，亲情像一枚永不落下的朝阳。

好想和女儿亲密地在一起，不要分开那么远。明白她的远行是长知识长本领之旅，可我还是想天天看到她，像许多家庭那样，隔三差五见到不远处的孩子，我知道，鱼与熊掌不可兼得。

扇动了翅膀继续朝前方高飞，女儿，妈妈祝福你！

这天晚上，女儿微话告诉我关于鸽子的揪心消息：邮箱里收到物业管理部门的邮件，说鸽子栖居在居民阳台，多名住户嫌脏投诉。故而物管部门采取措施，将在本月开始安装电波系统装置，月底启用。有电波干扰，鸽子将无法靠近居民楼。

女儿担忧地说，她在网上查了资料："小鸽子要 20 来天孵出，一个月后才能飞。到月底电波系统启用时小鸽子才出生五天，爸妈不能带走它们怎么办？需要鸽妈妈喂母乳才能成活，大约 10 天后鸽子爸妈喂食它们的就是半颗粒状食物。人工喂养干粮一般在小鸽子出生 15 天左右。"

我出主意："月底前一天把小鸽子挪到客厅里，鸽爸鸽妈也就会进来，电波影响不了它们。再等 25 天小鸽子满月能飞了，买个鸟笼把它们一家四口装了送到野外去。"

女儿比我还早想到此法，她说网查了，只要小鸽子移位爸妈就不认得，就会弃窝飞走不来了！

这样啊，我叹。

和女儿研究的最后对策是：如果电波系统启动鸽妈妈不能进来喂食了，就尝试给小鸽子喂牛奶，出生满 15 天后喂面包细渣。等长至能飞了，就用鸟笼装着到野外放飞。

除此，别无良策。我和女儿为两个小鸽子的命运担心。

月底已过去，欣慰的是：女儿说鸽子妈妈每天都能飞来喂小鸽子，看到别人家阳台也有鸽子进出，这说明电波系统还未启用。还在安装中吗？延迟启动？越迟越好！

至本篇完稿之时，女儿这边的消息是：鸽妈妈已是第九天飞来喂食小鸽子了。再过一天小鸽子就能吃半颗粒食物，再过六天就能人工喂养了。我和女儿同时在心里为它们祈祷、祈福。

久远的思念

二十八个深圳年轮

ER SHI BA GE SHEN ZHEN NIAN LUN

人的亲情从上一辈延续往下一辈，生生不息，是永恒定律。但一款国酒成为媒介，传承一种不变的眷念，是偶然还是必然？

一九五一年，20来岁的父亲响应国家号召，积极投身新中国火热的建设事业中，在航空工业部设于湖南的军工厂参加工作。六年过去，他从一名车间学徒工做到了工长，也从一个毛头小伙变为人夫、人父。在那个热血沸腾的年代，父亲似乎有着用不完的精力，白天上了一天班，晚上还坚持去夜校读书，只有初中文化的他，学到了中专水平。也是在夜校里，父亲认识了母亲，一位有着美丽的大眼睛与娇俏面容、同样酷爱学习的姑娘。相同的志趣缔造了他俩的爱情。结婚一年后随着我的降生，母亲把工作以外的时间留给了家务和照顾我，把业余学习的时光让给了父亲。

感佩于母亲的贤惠，父亲更加珍惜宝贵的学习时间，勤于苦读。那个年代，人们学俄语的热忱，不亚于改革开放后人们对英语的狂热。当时被称为"老大哥"的前苏联，正派出专家参与我国如火如荼的建设事业。父亲就职的军工厂里，也进驻了几名苏联专家。功夫不负有心人，勤奋的父亲很快学会了俄语，并将之提高到较高水平。机会总是偏爱有准备的人，由于好学上进，加之俄语不错，高大帅气的父亲从工长岗位被调往行政管理部门，负责安排苏联专家生活方面的事务。

从那以后，父亲会不时给我们说一些轶事，诸如苏联专家喜好周末舞会，用餐时喝鸡汤把鸡肉丢弃不吃等等。一次，下班回来的父亲在饭桌上望着杯中的老白干出神，良久才自言自语地："这茅台酒到底是什么味道，竟然有那么大的魅力？"

见母亲不解，父亲解释说，苏联专家抵达我国时在北京受到国宴礼遇，品尝到国酒茅台，自此念念不忘，委托父亲帮他们找茅台，以求再度品尝。

茅台酒冠绝天下，父亲对此早有耳闻，可惜无缘一尝。但洋人对这款国酒趋之若鹜，令父亲心生诧异，他问道："你们喝惯了贵国的伏特加酒，怎么对我国的茅台如此感兴趣？"父亲知晓，苏联专家的生活中浸润着伏特加，中国之行，也带了不少这酒。

专家们略为交换意见，便学着中国人的样子竖起大拇指用俄语夸赞："茅台好闻，自然的香味。茅台好喝，口感好！"

父亲好奇地再问："茅台口感好在什么地方？"这些专家笑着耸耸肩摊开双手，并咂咂嘴做出无比回味的样子，一副只可意会不可言传之态。

如此一来，父亲对茅台酒心驰神往。

经过父亲请示上级，终于辗转买到了几箱茅台送给苏联专家。父亲回来说，专家像获得了宝贝，连声道谢。此后听技术部门传来消息：苏联专家的工作热情更加高涨，有时为赶项目，他们不惜用周末假日会同中方人员奋战完成任务。

茅台酒，被苏联专家吝惜地享用。适逢庆祝新中国成立十周年举行盛大庆典活动，午餐时，苏联专家把父亲请到他们桌前，说要借这个有纪念意义的日子，感谢父亲对他们的悉心照顾，共饮一杯。

那是父亲生平第一次喝到茅台酒，在满室的醇香中，他高兴地端起酒杯，却又迟迟不舍得喝。父亲端着酒杯，观色泽，闻酒香，良久才小啜了一口。再看众人，全是欢愉的模样。

回到家，父亲的第一句话便是："我喝到茅台了！"他眉飞色舞地对母亲描绘说："那个味道，太好了！简直是琼浆玉液……喝到嘴里，香得雅致，香得醇厚，落到肚里，荡气回肠！"父亲看的文学书籍不少，说出话来，总透着文采。

父亲喝过茅台第二天，他在饭桌上打了个饱嗝，随即感慨："哦哟，我感到茅台酒的香味还能喷出来！"哈哈，母亲笑得前仰后合，眼泪都出来了，频频用手去擦。"你笑什么？我说的是真的，不骗你。"父亲认真地说。

当时我还小，虽不能完全听懂父亲说的话，但即使数十年时光远逝，他说话时的神采，眼眸中的亮光，却始终留在记忆里，鲜活如昨。长大后，常见到母亲和父亲开玩笑，不时提起"香味还能喷出来"这个"典故"，一家人总是乐得哈哈大笑。

在那个物质匮乏的年代，苏联专家喝剩的茅台酒空瓶，被工作人员珍而重之带回家，一来当作装饰品摆放，图个稀罕；二来，家中心思巧妙的女性，还可以把瓶里剩下的几滴酒，滴在手帕上当香水使用，那种香而不艳，细腻幽雅的味道，好闻！

父亲为人憨厚，近乎苛刻地廉洁，所以我家并未能近水楼台收藏一个当年的茅台空瓶。当我成年后，看到父亲喝着廉价的白酒，又神采奕奕说起那段岁月和茅台之缘时，我问父亲：为什么不带个空瓶来家，让我们见识一下茅台啥模样？父亲笑道："不够分，僧多粥少，我让给别人了。"

"空瓶子"的收藏没能持续多久。1960 年的 7 月，苏联政府通知一月内全部撤回在华专家，缘于赫鲁晓夫的背信弃义，停止履行与中国的大多数合同。这种"掐脖子"行为没能阻断我国建设事业的前进脚步。1964 年赫鲁晓夫下台两天后，我国成功地爆炸了第一颗自制的原子弹，壮丽的蘑菇云威震了全世界。

那一段岁月，在父辈的经历中，如电影里的波澜画面，亦如电光火石闪过。留下实物供人们追忆那火红年代的，还有那收藏于人们家中的茅台空瓶子。

而收藏于人们家里的空瓶中一只，在二十后的知青岁月里，上演了一个让人忍俊不禁的故事。

"文化大革命"期间，父亲因为生性仁慈，同情"走资派"老上级，为了让他免遭一顿批斗毒打，父亲把他藏到几十里远的我外婆家，不幸被发现了，父亲也挨了批斗。

由此，父亲的前程蒙上了一层"乌云"，在落魄和艰难中度日。坚强豁达的父亲和母亲商量后，在1972年响应国家号召，主动要求调往"三线建设"单位。

定位于山区的"三线建设"，始于我国六十年代开展的宏大布局，当时中国周边形势严峻，为备战需要，一大批工业项目迁往山区。父母所在的这家军工大厂调出人员，辅以当地人员，在边远的湘西山区组成三家军工厂，分布于方圆百里内。

很快，父亲的申请得到了批准。1972年深秋的那个清晨，我和父母弟妹，登上一辆军绿色蓬布的大卡车，被载往湘西大山区的沅陵县。

1975 年春，我从工厂子弟学校高中毕业后，随时代洪流别无选择下乡当知青，开始了"广阔天地，大有作为"的"绣地球"生涯，一绣就是三年。

我所在的知青点是个茶场，在知青点，我们除了基建自盖住房和开垦梯田种茶以外，每年有两个回生产队和山民们务农的季节：一是"春插"，二是"双抢"。万物复苏的春天，山区气温低，水田冰冷，双腿没入刺骨寒的泥里弯腰插着秧苗，感觉从脚底冷到了头顶，人冻得直哆嗦。我们这些城里来的孩子可比不得山民，他们经年累月地重复这样的农活，还能谈笑风生。他们到老会患上风湿，中年女性多得妇科病。与"春插"形成两极的是"双抢"，酷暑天，头顶火辣辣的太阳，脚踩滚烫的水田，弓着腰没完没了地插秧或者收割稻谷，感觉在受酷刑！

此后，不断有消息传来，许多女知青累哭了，男知青也有哭鼻子的。我相信大家都一样体验，绣地球的日子在大家心中一点也不美好，招工回城的期盼变得如此迫切如此让人牵肠挂肚！如果有一个招调上去的指标属于自己，那是一件喜极而泣的事，如果属于自己的指标被掠夺，屡次被掠夺，那么以命相拼的心都有了！

与我们相邻不远的地方有一个知青农场，那里和我们茶场一样，都有一位篮球高手，俩人在两个知青点的比赛中结识，又因为切磋球艺成了好友。

农场的这位知青是个下放五、六年的老知青，本来第四个年头就应有属于他的招工、参军指标，可这些指标总是莫名其妙地分给了比他晚下乡的知青，美其名曰是选优。细察之后，他得悉分到名额者多是干部子弟，再不就是给公社官儿送了礼的。我们茶场的这个知青好打抱不平，决意为自己的好友出口气。两人一合计，立马有了"好点子"。茶场这个知青，把家里收藏的茅台空瓶偷出来送给农场那个老知青，老知青把聚餐喝剩的半瓶散装酒兑了一半白水，灌入瓶里。

茶场的知青提醒好友："不如去买瓶好点的白酒灌进去?"老知青态度坚决地拒绝了。茶场知青担心说："如果被发现，岂不是更加招不上去了?"老知青说："不怕，赌的就是这口气，事发了，索性到县里告他去! 四人帮都粉碎了，还有什么不能碎的?"说着，用烧化的蜡烛将酒瓶封口后，拎了去公社见官，主管招工招生的官。

那官儿见了他的"珍贵贡品"笑成蛤蟆样："贵州茅台啊，宝贝吧!"他如获至宝地收藏起来，没有独享，老知青也就没有很快"东窗事发"。接下来，当年的招工指标里有这位老知青。进厂工作后老知青表现突出，"新长征突击手"、"优秀团干部"、"先进个人",奖状频频。

一年后的一天,那公社官儿忽然带了民兵到厂里来抓他,说是老知青在乡下时偷了村民的鸡,杀了村民的猪,现在破案,要退回原地去处理。工厂领导便不依,回说:"你拿证据来,若真犯了法,你报公安就是,何劳你兴师动众?是不是有什么隐情?"那官儿气得没办法,牙齿咬得"咯咯"响,悻悻而去。

世上没有不透风的墙,"茅台酒事件"旋风般传开。原来,那公社官儿藏了那瓶"茅台"舍不得喝,放在家中一年之久。适逢这日一位副县长检查工作到了公社,公社官儿赶紧在餐桌上亮出了他的宝贝酒,把一桌人的胃口吊得老高。几只酒杯斟满过后,大家端起来碰杯,谁知这"茅台酒"一落肚不是那么回事,大家的眉头立刻皱起。副县长质问公社官儿:"你这是什么茅台?!"他诚惶诚恐:"这瓶陈年茅台,怕是漏气了,味道就淡了。"副县长拍案而起:"混账!去年我还到贵州出差哪,茅台我喝过了!你说是漏气?你把真茅台打开来试试,放干了都不会变味!你耍我?!"

结局可想而知,公社官儿脸上白一阵红一阵,那副县长拂袖而去。当即,这公社官儿气得火冒三丈来抓老知青了。老知青早有准备,工厂领导已明察就里,自然护他。

此事一时传为四方笑谈，大概这算是最早的"假酒勾兑第一案例"了，唯独一瓶。

时光荏苒，来到改革开放的八十年代末，我从位于湖南长沙隶属航空工业部的设计院调入深圳工作。在工作应酬中，我第一次见到了茅台酒的真容。味儿好闻，口感柔绵醇厚，从不喝白酒的我喝了一小杯，觉得回味悠长，这让我充满好感。我把空瓶子带回家，放手中细细端详，心里有一种莫名的情愫，我想，应该与父亲讲述的故事和发生在知青岁月的那个故事有关。我把这个空瓶子在酒柜里放置了几年。期间，也有让我尴尬之时：每逢亲朋好友来家吃饭，我从酒柜里拿洋酒、红酒时，就要说明一下这是个空茅台瓶。遇上了诙谐的朋友偏要逗乐："你就是放着好酒不给我们喝！"

1993年，我请父母来深圳长住一段。当我告诉父亲这是空瓶时，父亲笑呵呵说："现在不同于以前那年代了，买得着，也买得起。"父亲说这些话的时候将茅台酒瓶放在手里轻轻摩挲一阵，再打开瓶盖将瓶口放到鼻子前嗅着，深吸了一口气后父亲感叹："还是这个味道！这味道太好了，不会变。"我感觉到父亲对这款国酒的热爱，来自那个军工大厂的建设年代，一种植根很深的情感。

　　然而我却疏忽了：没有买来茅台在深圳家中让父亲享受一瓶于他有着不寻常回忆的酒。以父亲的俭省和内地微薄的退休金，是不会买来享用的。当时的我认为这酒是奢侈品，只合迎宾宴请用，寻常人家过日子不必消费它。

　　1999年春天，我回湖南给父亲做七十大寿。这也是来深十年后第一次返湘。父母所在的那家军工厂，在八十年代末迁出山区而地处省城长沙了，国家对三线建设的骨干企业实行调整，搬迁到大中城市，提供更好的发展机遇。

　　我给父亲只带了一瓶茅台，因为要见一些亲友，所

九十年代后期，父母和表叔

带物件已沉，那时候深圳的东西比内地俏。我仍然没意识到，这款酒于父亲有着怎样的意义。回深后，电话里和母亲聊天我才知：父亲舍不得喝那瓶酒，送给了最要好的老友过生日。我懊悔自己没在祝寿时于当地买两瓶给父亲。我期待着下一年生日见面，让父亲好好享用茅台酒。

　　离父亲的生日还早，一次逛商场时，我在专柜看到一瓶展示的茅台，依然是经典的形象：白玉般的瓶子，大红商标，瓶口密封处垂下红丝带。不同的是有一个漂亮的包装盒，这瓶酒放在金灿灿的缎面软饰中，盒里还有一个仿古的酒樽。古铜色的酒樽有三只细长的脚，这形态的酒樽我只在古装影视剧里见过。就因为有这个外盒和仿古酒樽，就比单只售卖的同度数茅台贵 110 元，我毫不犹豫买下了这款礼盒装。我要让父亲用这个有格调的酒樽来细细品味这款酒，要亲手给父亲把酒斟上。我想象着父亲品酒时的模样，心里暖意融融。

　　万没想到，离父亲生日还有两月之际，突然传来他离世的消息！这天上午，父亲为了还一份我当年婚礼时的人情，给邻居家结婚的儿子送去贺礼红包，走在路上心脏病发作倒下，再也没能醒来。

　　呜呼！急忙赶回的我在父亲灵柩前哭得肝肠寸断！我

用泪水和着茅台酒液，倾在这古铜色的酒樽里，敬在父亲罩着黑纱的遗像前。

处理完父亲的后事，连续多天，我一直处在极度的悲痛中，寝食难安。感觉灵魂被一只巨兽啮咬着，撕扯着。

我痛恨自己未能尽孝，没让父亲在世时好好享受他有着一份久远情怀的酒。这，成了我心头永远的痛！时至今日，我仍然无法原谅自己。真希望时光能够倒流，我愿倾尽所有穷其一生来弥补这一缺憾！

岁月，带走了时光，却带不走这份久远的思念和缺憾。

……

# 断桥跨越

ER SHI BA GE SHEN ZHEN NIAN LUN

二十八个深圳年轮

　　有一种精神叫坚持，有一种热爱是文学，有一段难忘的记忆在鲁迅文学院广东作家班。2015 年 11 月 27 日那天，结业之际我们不舍地离开，还有几个同学多留了一晚，只为早上在校园球场跑道上再多跑几圈，再回味一下这里的学习时光。

　　为期半月大咖大腕老师们的授课精彩纷呈，让我感觉吃着了丰盛大餐。

　　接到入院学习通知的那一瞬间，我欢喜异常：都说鲁迅文学院是作家的摇篮，是文学的黄埔军校。早些年我无缘且不够格去北京鲁院总部陶冶锻造，此后这些年的刻苦码字、出书、作家考级后，终于在这个"鲁迅文学院广东

摄于 2015 年 11 月，鲁院领导与学员们合影（二排右 5）

中青年作家研修班"，有了一席学生位。

同学当中，有数位在省内文学界是腕了。我钦佩他们发表的数量和刊物级别，还有书的出版数量，这，也体现了刻苦程度和水平。

报到以后，文友尤其是女同胞们叽叽喳喳说，不用在家做饭侍候老公孩子，有一段轻松的时光真好，特别喜欢这里的氛围。晚上，三五成群的文友聚在一起聊天，喝红酒、啤酒、还有家里带来的自制养生酒，就着下酒菜天南海北地聊。下酒菜是同学蓝予专程买来的某品牌鸭脖子系列。我这才发现，鸭架其实比鸭掌、鸭翅、鸭脖等还好吃。这些平日里在文字上纵横驰骋的智慧脑袋，凑在一起谈论的不是文学而是生活：谁家的孩子考上了什么大学，谁家的孩子出国了，谁家的先生擅长做一手好菜，不一而足，似乎都是妇道人家的唠叨。由此我理解了，难怪她们笔下的人物接地气，烟火味十足。

让人暖心的是：班外的文友谦，对我们学习期间的生活施以援手，慰问这里的同胞们，托人开车载来成箱的牛奶等饮料，还有苹果、桔子、香蕉、火龙果、柚子多种水果，让同学们欢欣鼓舞。

课堂上，大名鼎鼎的老师轮番上场给我们讲座，内容好似一道道营养丰富的美味佳肴。中国作协副主席何建明、鲁迅文学院常务副院长李一鸣、鲁迅文学院副院长邱华栋、作家阿来、诗人杨炼、报告文学作家赵瑜、李春雷、杨黎光等十余位文坛大家让我们眼界和思路大开。我不由得在心里感谢省作协、市作协，为我们这些有志于文学的"菁菁学子"打开一扇广阔的天窗，我们的成长进步，离不开这些"家长"们的关怀与支持。

课程尾段，组织安排我们外出采风一天。这是课堂与天地间的链接，张弛有度的体验。上山下湖、爬山、划船，此间我感觉到文思像个捉摸不定的幻影，不单在人静态时有如精灵般闪现，动态中亦能汹涌澎湃，只是稍纵即

2015 年 11 月，摄于鲁院拓展训练

逝。就看谁的记忆力好，能完整地印在脑海和心田。

结业前两天的晚上，举办了学员文艺表演晚会，同学们各显身手。除了写作之外，大家或多或少都有些文艺细胞，能够亮一手。节目精彩不断：唱民歌的，唱流行曲的，

唱京剧的，还有诗歌朗诵。大家围成一个圈跳舞时，男女同学的舞姿相映成趣，或美或拙，"哈、哈、哈"，欢乐笑声时有冲上屋顶盖过了音乐。

这场晚会后同学们似乎意犹未尽，第二天的烧烤晚餐继续 K 歌。夜空里，留下一串美好记忆。这段鲁院学习时光让我最难忘的一幕，是那个下午的户外拓展训练。

冬日的暖阳挂在天上，明净得像娃娃的笑脸，照得人舒适无比。训练场有一个篮球场那么大，我们列队跟随教官去场边的保管室领取训练服装：迷彩服一套加头盔。"不爱红装爱武装"，其实是每位女性会有的向往，或者想尝试体验的一种心态。到更衣室将全副武装穿戴整齐，我感觉自己整个人的精气神都提升了。"雄赳赳气昂昂"，还真是进入了这种状态。

教官带领我们先做热身运动，铺垫了两个训练节目，以团队协助精神为主。最后是重头戏：磨练个人意志力的八米高空"断桥跨越"。这有点像我们个人的写作，属个体劳动，没有团队协作方面的要求。

高空"断桥跨越"，这个项目女性尝试者寥寥无几。参加的几人她们年龄都比我小。我清楚自己的身体机能，抬头仰望高空，我感觉凭借自小的舞蹈功底，一步跨越断桥没问题。一旁的小唐同学告诉我：她以前有过一次这种训练，在上面害怕，结果磨蹭了近半小时才跨过去。我想，一会儿自己上去了就不磨蹭，直奔主题跨越。

　　轮到我了，对着同学的摄影镜头我摆了个亮相姿势，接着就往梯子上爬。爬至一半高度，我对着地面还在给我摄影的同学摆了个胜利手势。及至攀登上了八米高空的桥上，忽然才发现不轻松，甚至可用倒吸一口冷气来形容：宽约50公分的窄桥四周空无一物，像是漂浮在空中的木板，让人觉得特别无助，人也仿佛漂浮在空气中。

我深吸了一口气对自己说，身上吊着安全带，地上铺着安全气垫，反正生命无虞，无非就是个心理关口，怕什么？冲！几秒钟的功夫我脑中闪过这意念，几乎是登临断桥这一端就没有停顿，吸足一口气后我凝神屏气助跑几步，腾空一步跨越！然后在那一端再复制一次，完成来回。

我在鲁院拓展训练中的跨越，
摄于 2015 年 11 月

　　下来后同学们给予赞扬，说我一点不怯场。我笑呵呵说："怕就不上去，上去了就不要怕。"听着像绕口令，心里也给自己点赞。

　　这次体验让我回味无穷，给我启迪和信心。人生与写作，我也遇过这种断桥跨越时刻。这两年来，我在文学路上艰难举步跨越，才有了作家考级的完成，才有了连续两届参赛"睦邻文学"并获得十佳奖项，才有了中短篇小说集《水仙魂兮》和这本散文集。万千思绪归结为一个信念：人生，没有过不去的坎过不了的桥。

　　结业这天，当拿到这本深蓝色烫银字的"鲁迅文学院"证书时，我久久凝视着抚摸着爱不释手，打开来又合上，然后再打开端详。我照片的下方序号是鲁院结字（1275）号，我的名字和这个名称相连："鲁迅文学院广东中青年作家研修班"，一种盼望已久梦想成真的感慨在这本证书上流连。我知道，拥有了这个本本后，将为之付诸更多的汗水甚至泪水。

　　人们常说：一份耕耘，一份收获。然而，文学的道路上并不完全是这样，常常付出与收获不成正比。有人写了一辈子也写不出一部好作品。文学的小路拥挤，坚持走到底，也就不拥挤了，能看到不一样的风景。在这条路上，理想不是欲望，求真不是无知，执着不是偏激。

　　我无怨无悔，惟愿这种长途跋涉中，在一次次的跨越后，我的信心不会减弱，还能够卯足了劲去攀登，朝着前面的目标努力。

# 龙华，我的十载人文情

鹏城深圳，耸立着一个美丽的人文龙华，一个经济建设飞速发展的龙华。我真切地感受到这里与日俱增的变化，一个蓬勃发展的现代化城区。

十年前，因另一半的工作调动，我从深圳南山区迁居来此。在这之前从媒体资讯了解到的，是龙华区的观澜有亚洲最大高尔夫球场，有国内最大的红木交易基地，有深圳"世外桃源"之称的山水田园，有厚重的文化名片观澜版画基地等，还有当前深圳占地面积最大、客流量最多的高铁枢纽：深圳北站，我国铁路新型标志性建筑工程。

当我熟悉这方区域后，才知这块厚土上有着深厚的历史积淀。

面积达 175.58 平方公里的龙华区，有着深圳西部第一高峰海拔 587 米的羊台山，一座英雄的山，这里留下了东江纵队抗日战士的足迹。被称为"母亲河"的观澜河水，承载着岁月奔腾的历史折射，映照出这方热土的巨变。

相传明朝末年，有位人称"相国"不愿为官的先贤，南下游历途经羊台山，看见眼前的数座青峰后吃了一惊，说此山应为龙珠岭，后面两山如龙，是双龙吐珠的祥瑞之地！人们以崇敬之心在此建起"华光庙"，因其香火鼎盛而成街市，再由彭姓客家人发起建圩，得名"龙华圩"，逐渐发展到后来的龙华镇，现今的龙华区。

在深圳的十个区里，龙华区占有一份独特的现代人文历史景观：中国文化名人大营救。位于龙华区民治社区的白石龙村，在历史事件的旧址上建起了"中国文化名人大营救纪念馆"，于2005年9月2日落成开馆。白石龙这个早年名不见经传的南粤小山村，在"大营救"事件后被誉为"小延安"，这里曾经住过许多闻名中外的学者名流。

时间得追溯到1941年12月7日这天，日本人偷袭珍珠港，太平洋战争爆发。第8日这天，日军攻入香港新界。第25日这天，时任香港总督的杨慕琦宣布投降，英军放下

邹家华题词中国文化名人大营救纪念馆

武器成为俘虏。香港沦陷，而抗战以来大批爱国民主人士避居在这里，此时他们的生命安全受到严重威胁。日军在港四处搜捕并发布广告，要这批中国精英人士到日本人在香港的军部报到。在这危急时刻，周恩来致电八路军驻香港办事处主任廖承志和乔冠华等人，部署他们火速组织这批驻港精英撤退，在广东人民抗日游击队曾生司令员的部队接应配合下，撤回大陆这边。

撤退的路线分四条，中线为陆路，是营救的主线。从香港的九龙走青山道，翻过九百多米高的大帽山，到落马洲往深圳的皇岗再穿越梅林坳，最后进入广东人民抗日游击队驻地：龙华白石龙村。这批精英人士在此休整后，再送往内陆大后方。这次大营救，从 1942 年 1 月初开始到 6 月份结束，共营救出八百多人，其中文化名人三百多人。这次大营救没有一人被捕，没有一人牺牲，及时保护了一批中华民族的优秀英才，被世人称为胜利大营救。周韬奋为曾生司令员题词："保卫祖国，为民先锋。"茅盾在《脱险杂记》一文中说这次营救工作是难以想像的仔细周密，是抗战以来最伟大的"抢救"工作。

令人感慨：这场文化名人大营救，为中国文脉的传承描画了浓墨重彩的一笔，对我们国家的文化发展做出了极其重要的贡献。茅盾、柳亚子、梁漱溟、何香凝、胡风、夏衍、丁玲、廖承志、邹韬奋、乔冠华……如雷贯耳的一长串名字，刻在了这样一个重大事件的历史丰碑上。

龙华，一个大气磅礴的名字，最初听到，会让我不由自主地联想：龙耀中华，龙舞华章。从明代先贤发现这个"龙珠吐瑞"之地到 1942 年的文化名人大营救，这样一个历史走向和贯通，这块家园的美丽人文特别是文学景观，在如今的深圳是一道靓丽的风景线：本区作家队伍人数众多实力雄厚，其中尤以诗歌突出，不单省内、国内获得奖项，在国外也斩获奖项。有理由相信，龙华区文学队伍和成就会越来越壮观。

许是沾了这块土地的灵光，我的文学理想在此得以展开，这是一条贯穿了我少年时代至今的文学热爱之旅。往昔的足迹，深深浅浅印在了心田。

小时候，我受父母、外婆爱读文学书籍的影响，从

白石龙文化名人大营救纪念碑

阅读开始走上文学写作和发表作品之路。1988 年调入深圳后，一则由于工作忙碌，二来感觉缺少氛围，长时间在写作上迈不开应有的步子。我深感自己文学功底浅专业知识欠缺，渴望得到正规学习。2005 年底，在国企改制这个机遇面前，我毅然选择买断工龄，给自己的职场生涯划上一个句号，于 2006 年到北京大学中文系拜师学艺。

2007 年从北大回深后，我的家也随之迁往龙华。我经常把自己关在家里，文字写了废，废了写，总觉得眼高手低不如意。我宽慰自己说，在北大的进修如同酿葡萄酒，得有一个发酵的过程。

一次偶然，同在龙华的郑荣从邻居口中得悉我爱好文学，就主动联系上我并带去参加"睦邻文学"的活动。在深圳全民写作如火如荼的氛围中，我接触和认识了许多热情的文友，文学创作激情高涨起来。

与此同时，我在市中心书城每周五晚八点的书友会上，聆听了许多优秀老师的讲座，涵盖了文学的许多层面，让我在创作上受益匪浅。一篇又一篇的小说和散文，从心底流淌而出变成铅字，我感觉自己比以往任何时候的创作状态都要好，宛若卯足了劲爬楼梯，步子坚定有力。

2015 年 7 月至 9 月，我参加省作协的作家考级，通过了专家评审团的评审，取得文学创作三级作家资格证书。

2015 年 10 月，我的小说《还俗》，获得深圳宣传文化基金颁奖的市"睦邻文学奖"十佳奖项。

2015 年 11 月，我参加鲁迅文学院广东作家班学习。

2016 年 3 月，深圳"媛创文艺"沙龙活动，作为五位"女子书"的作家之一参与讲座，接受知名专家老师点评。

2016 年 6 月，我被批准加入省作家协会。

2016 年 10 月，我的中短篇小说集《水仙魂兮》正式出版，同月在市图书馆南书房开启个人专题讲座："水仙魂，文学梦"。

2016 年 11 月，我的散文《二十八个深圳年轮》获得深圳市"睦邻文学奖"十佳奖项。

2015 年 10 月至 2018 年 3 月，我的短篇小说在《特区文学》、《作品》、《飞天》、《鸭绿江》、《安徽文学》、《湖南文学》、《山西文学》、《芒种》等文学期刊上相继发表。

这些，都是在我定居龙华以后特别是近几年来，相较过去漫长时光取得的文学及相关层面的进步。

感恩龙华这片美丽的人文沃土，祝福您，明天更美好。

二十八个深圳年轮

ER SHI BA GE SHEN ZHEN NIAN LUN

# 知青是怎样炼成的

夏季的大雨，来势汹汹。天，像被巨手撕开了大口子，瓢泼大雨倾泻了整夜。早晨起床后我往山坡下望去，离知青茶场不远的沅河水上涨了，混浊湍急的河水像猛兽一样翻滚向前！这是七十年代后期的一个夏日，我在湘西山区当知青时对一次大雨的深刻印象。因为它，导致我经历一次性命攸关的惊险。

通常，逢下雨下雪的日子我们不用出工劳作，整天休息或者开会学习半天，这是知青们最高兴的时候。可我不能完整享受，因为我是知青点的文书，除了不多的文字工作外，还要在日常干活的每个下午，抽出一个小时来回时间，从河的北岸去往南岸的小邮局，取回知青点的报纸和信件。过河坐的是摆渡的木船，摇船的何叔皮肤黝黑，身强力壮。

*下乡当知青之初，1975 年*

　　这条河宽约七、八十米，是沅江的一条支流。下午四时多，这河已不似早晨的猛兽，只像套着缰绳踢踏碎步的马儿一样，虽不及平日看去的温和，却已不叫人害怕。由于河面变宽把上岸的台阶淹了，要踩过一大片木排上岸。以往木排扎得紧实牢靠，之前雨后我也走过。何叔把我渡过河时对岸已有客人在等候了，何叔掉转船头而去。我走在木排上没觉着和以往有何不同，十几米的距离很快就会跨越。

　　走至一半时，我突然脚下一滑，掉进了两根木头的中间！也就是说：这两根木头捆绑着的两端有一端绳子松开了，我踩在木头上很容易就滑落下去！沉入水中的我头顶立刻被木头盖住，如果我惊慌失措一番划拉，找不到这两根木头中间的一线生机，我将挣扎在捆绑的木排之下难以伸出头来换气，在水下迷宫里徘徊，会憋气也坚持不了，会被呛死！沉入水中的这一秒我心里也惊慌，可容不得多想啊！会游泳的我当即凝神屏气，不用手划只用脚蹬浮了上来，头碰着木头后，我用手触碰木头。幸运的是，在我触碰到第三根木头后，它是游移的，轻轻划开就看到了天色！我迅速把头露出水面换气，并攀住木头爬了上来，坐在木排上我感到瑟瑟发抖！等何叔渡船来到后，我告知这个可怕的木排缺陷，何叔赶紧加固，说要叫捆扎木排的人常检查，可能是水流冲刷所致绳子松开了。经过何叔的指点我才明白：往后走木排每一脚都要先踩虚的，试一下再踩实下去，就不会有危险。

亏得我到湘西以前初中时就学会游泳了，不然，真不敢想象后果。掉下木排的事给了我启示，人，要多学点本领。

这件事我没敢告诉父母。接下来不久发生的一件事，让我没法瞒住，也让母亲心疼得直掉眼泪。那天下午，知青点用船拉回了公社分配给我们的口粮，是带壳的稻谷用麻袋装着，一袋 150 市斤。男知青一人扛一袋，女知青两人抬一袋。我走在队伍后面，到河边时女知青已结伴完成，单剩下我一个。我便拿船上的背篓来用，让男知青帮我把一袋谷子放背篓上。我想，盖知青点房子挑砖我已能挑至120 斤，此时多这 30 斤应该背得了。低头咬牙把两百来米的距离走完，卸下重负觉得腿脚发软。知青点干完这茬活后半个下午便是休息。我稍歇息了一会便动身去取报纸，也想回家一趟取点供给，第二天早上再回来。那时候知青回家取的供给，不外乎就是豆腐乳、腌咸菜之类。河对岸不远处，父母家和他们上班的单位在那里。

晚饭过了一会儿，我正和母亲聊天，忽觉喉咙一股热流涌动，不由低头一咳，居然一口鲜血吐在地上。父母赶紧找来单位的车把我送到医院。拍片检查后，结论是我的支气管破裂。在医生询问下我说出下午背了一麻袋谷子。

"天哪，你才90多斤体重，背150斤！不要命啦！"母亲心疼得掉泪了。

母亲性情柔弱但崇尚坚强。她和父亲一样爱看文学书籍，年轻时她为苏联小说《古丽雅的道路》这个卫国战争中的女英雄深深感动，当婚后有了爱情结晶的我，母亲就比照英雄给我起名柏丽雅。到了反美帝苏修的年代，我不乐意用这名字，后来就去公安户籍那里改为现用名。

我自年少起看过的书里，最崇拜的英雄是《钢铁是怎样炼成的》保尔·柯察金。无论贫穷、苦难、病痛，只要他还活着，所有的灾难都不能击垮他！他的坚强意志和毅力让我感动，这本书对我的人生影响至深。小学时最初看到的是彩绘本，初中时拥有了一个小说本，知道了主人公的原型就是作者本人，这令我更加敬佩。现在回想起来，已记不清是父母还是自己所购，这本书潜移默化伴随我的人生度过许多艰难时光：三年知青的困苦日子，农忙季节在生产队里与山民们奋战田头地间。"春插"时山区春寒料峭，水田里冰冷刺骨，冻得瑟瑟发抖之下奋力插秧，把第一季水稻秧苗植根在田里。夏季"双抢"时，既要收割稻谷，又要抢插秧苗，头上毒辣的烈日炙烤，脚下水田滚烫，感觉在受酷刑！人，就像放在巨大高温蒸锅里的鱼，逃无可逃呼吸受阻，要被蒸熟了！这段日子，不单有女知青哭鼻子，男知青也有累哭的。

而我觉着最难耐的不是这，也不是和队员们挑着大粪倒在田里，再用脚踩入泥中搅拌好，最让我刻骨铭心的一次是下生产队"双抢"的时候。收割稻子，抢插秧苗，仿佛在与时间赛跑。湘西山区被称为"地无三尺平"，稻田分散得很远。这天去的是最远处，早晨五点就出发了，来不及做早饭吃。收割完稻谷看阳光照射的身影，估计得有中午一点了，回去的路途中还有一段陡峭的山路，石阶砌就，天梯一样。我背篓里驮着一袋七八十斤重的谷子，在队伍里是份量最轻的。因为没吃早饭，我饿得心慌力气枯竭。当我实在忍不住趴在石阶上歇息片刻时，眼睛往身边一看：天哪，这么陡，摔下去肯定没命了！这时候，我想哭却不能哭！人的求生欲望是强大的，停顿了一下，我强打起精神爬完石阶。登临平地的那一刻，我有一个愿望：不是吃饭也不是休息，而是马上能够在一个没人的地方哭一场！

三年知青的艰苦时段里，我没有为苦累哭过，觉得熬不下去的时候，会把自己看过的书在脑海里一一回顾：

《烈火金刚》、《青春之歌》、《林海雪原》、《野火春风斗古城》等等，我会把里面的英雄人物一一比照。最给我激励的，还是《钢铁是怎样炼成的》，那种坚忍不拔的精神，融入了心底。保尔·柯察金以惊人的毅力奋斗到生命的最后时刻，即使双目失明，四肢瘫痪，他也没有放弃自己的理想和追求，坚持到生命的最后。这是真正的英雄。"人最宝贵的东西是生命，生命属于人只有一次。人的一生应该是这样度过的：当他回首往事的时候，他不会因为虚度年华而悔恨，也不会因为碌碌无为而羞愧。"这样的句子，我耳熟能详铭记在心。

走上工作岗位以后，漫漫人生路也曾遭受磨难，但很快我会从伤痛中走出来，我对自己说：比起保尔·柯察金所受的苦难，我这点磕磕碰碰算什么？想明白了，鼓足勇气振作前行。心当墨，勤为笔，尽力书写好自己的人生。

我问自己，读书以来，是《钢铁是怎样炼成的》这本书带给你骨子里的坚强？答案是肯定的。由此感悟：人生，从青少年起一定要有一本好书陪伴你，它将奠定你生命中的精神基础，如同一座房屋的地基，打牢固了，什么样的狂风暴雨，也摧毁不了这座房屋。

# 佛缘

二十八个深圳年轮

ER SHI BA GE SHEN ZHEN NIAN LUN

　　世上事，究其渊源都是相关的。一切，都需因缘具足才会发生。

　　我从小受母亲和外婆的影响信奉佛教，却只停留在浅显层面，让我长久以来感到缺憾，想作进一步了解。2015年6月上旬，一次机缘巧合，我受邀参加"禅修之旅"，前往福建省福鼎市的"资国寺"。

　　这所寺院始建于唐咸通元年（公元860），至今已有一千一百多年历史。资国寺鼎盛于宋，兴盛时期有九井十三墩，住僧六百多人。资国寺坐落在福鼎市南郊的莲峰山上，占地一百八十余亩。莲峰山脉如莲花环抱，中有平台，资国寺被托起在这个天然莲座上。每当皓月晴

福建资国寺山门

空的清晨太阳还未露面时，曙光若隐若现，状若莲花的山峰沐浴在银色月光下，意境幽远，令人遐思，故得"莲花曙月"美名。

我们一行十人从深圳出发，七小时动车行程，傍晚到达福鼎市，一个风景宜人的城市，位于福建省东北部，滨临东海。从福鼎市火车站出来坐汽车往市郊的资国寺只需二十分钟车程。领队小周没有把我们直接带往资国寺，而是在市内餐馆吃了顿海鲜晚餐。他笑言："有这顿晚餐给你们垫底，到了资国寺就可以经受没荤少油的考验。"

饭后，禅修团上山入寺。

夜色阑珊中，我们入住寺内"客堂"楼的第四层。我和小兰同处一室，禅修团里，仅有我们两位女性。小兰长得小巧玲珑，温婉可人。她说话轻言细语，柔美如水的目光亲和力极强。

我从透入窗帘的晨曦中醒来时，感觉这个夜晚睡得特别踏实沉静，因了这里的安详氛围。

七时许，在斋堂我们用了早斋，是细细的米粉煮酸菜，油星较少。团里最胖的小吴调侃说："这和传说中的忆苦餐一样啊！"

斋堂吃饭是修行。午斋，第一次在寺院随出家人吃斋饭，我感到新奇。监院能慈法师向我们说明了注意事项，这里僧人集体吃饭用的是"过堂"方式，饭菜的添加由僧人或居士用行堂巡回的方式添加。用斋时不能说话，饭碗不能放桌上，要端起来用膳。如果碗里空了需添加，或者中途需要加菜，当哪种食物的盆子经过面前时，把碗在桌上往前推送一点不可出声，以点头或手势，需要多少添多少，不得剩下饭菜。饭后自己到斋堂外水池处洗净碗筷，再放回原处。过堂用斋体现的五个理念张贴于墙上：感恩惜福、慈悲平等、知足节约、内观自省、绿色环保。

午斋的食物为：白米饭，一碗紫菜酸菜混合汤。茄子做成了糊糊，通心菜绿中带黄，豆腐白白的，没有酱油颜色且油星极少。香菇炒笋和紫菜酸菜汤，这一菜一汤还能让人有点胃口。晚斋，菜品还是大同小异，第二天仍然如此。最多是茄子换成豆角，或者换成了土豆片。

体验苦行僧式的清修生活，对红尘中人是一种历练。来寺院的第一天，禅修活动就让我觉着丰富与教益深刻。

上午的安排是寺院巡礼和抄写《心经》。

慈眉善目的监院能慈法师，把我们一行十人领到寺院大门外，从山门上的"资国寺"三个大字开始讲解。

战争年代和"文革"时期，寺庙两度遭到破坏，历届住持排除万难，率僧人和信众一一将其修复。

　　2006 年 8 月，一场 17 级超强台风"桑美"登陆福鼎市，资国寺 20 多间建于唐宋时期的木质结构建筑被损毁。台风过后，住持贤志法师带领僧人们，在政府和各界人士的鼎力支持下重建资国寺。十年来，这里经过不断修建扩展，已成为一座集宗教、艺术、文化、旅游为一体的园林式寺院。这里也是"闽东佛学苑"、"佛国书画院"、"资国禅茶文化研究中心"所在地，还是"世界禅茶文化论坛永久会址"。

　　这让我们了解到禅茶：禅是一种境界，是心悟，茶是物质的灵芽，"禅茶一味"就是心与茶、心与心的相通。中国禅茶文化精神概括为"正、清、和、雅"，是中国传统文化史上的一种独特现象，也是中国对世界文明的一大贡献。茶与禅本是两种文化，在其各自漫长的历史发展中发生接触并逐渐相互渗入、相互影响，最终融合成一种新的文化形式，即禅茶文化。

　　资国寺现任住持贤志法师，幼年出家慧根深厚，聪敏好学，先后毕业于福建佛学院、中国佛学院。秉承诸位长老遗风，贤志法师尤为注重佛教文化建设和佛教僧才的培养，着力践行"人间佛教"和"文、教、禅、净、慈"五大弘法理念。

　　从山门进来，我们行走的路线，像一条弯弯曲曲的小河，在寺院各个殿宇之间穿行。

我头一回近距离见到法师演示多次礼佛动作，每拜一尊佛，匍匐起伏三次：从站立双手合十到下跪在拜垫上，右手先落在拜垫中央，然后左手放置拜垫左上方，右手往右上方平行，再摊开两手掌心同时脑袋抵达拜垫，这表示接福；此后两掌恢复手心朝下，右手回到拜垫中央，左手回至合十姿势，右手撑起身体回到站姿后与左手合十。如此循环往复三次，便是礼佛一尊的过程。

以前我光知道虔诚顶礼拜佛，却原来动作不到位。凡事皆有规矩，我在此补了一课。

寺院巡礼登高至后山，我们瞻仰了寺里历代长老圆寂后的宝塔。听能慈法师介绍诸位高僧大德的弘法功绩，心生敬仰。

行进途中经过正在修建的观音大殿，最后回到大雄宝殿广场。我看到广场一侧那尊硕大的露天观音塑像后面，有一栋竣工的五层楼房，我问能慈法师："那里是什么？"他答："了尘楼，寺里的养老院，和已经建成的弥陀村一样，大门外在建的规模比这里大，以后山门会外移，所有的养老院房屋在寺内。"

我想起来，早上看到"客堂"旁边的"弥陀村"有老人在出入，以为是到此朝拜住宿的长者。

继而了解到，这所寺院尊从有佛教信仰的老人意愿，安置在此颐养天年。对没有收入来源的孤寡老人完全免费，有退休工资的只收取一点生活费用，这里的生活费很低。

我肃然起敬：见过许多的寺庙，却没见过有养老院的，这方面，资国寺大善之举！出世的僧德，以佛教的慈悲精神，做着入世的事业。

寺里这期微信公众平台，撼动心灵的图文和音乐，让我怀念逝去的父母和外婆，难以弥补的遗憾溢满心间。

《当您老了》

人生，是一场轮回

您用一生的呵护成就了我

我将呵护年迈的您

当您老了，我将素养您的"身"

当您老了，我会素养您的"心"

当您老了，我愿和您一起增长"智慧"

当您老了，我希望您内心充盈，不惧别离

……

还令我感动的是：资国寺不收门票和香火费，香客随喜。

寺里把化缘所得和信众所捐用在敬老院，着实让人敬佩！

　　"寺院巡礼"完毕，我们一行来到"禅悦楼"的藏书馆兼小会议室抄写《心经》。静心抄写佛经，是佛教诸供养中的法供。这种抄写是把印在宣纸上的红色小楷照着描写，长此以往，能练得一手好字。我将毛笔蘸了墨汁，凝神静气在谷黄色的宣纸上细细地描，抄得极认真，我是这团里最后一个完成的。

　　下午的主要禅修活动是坐禅，就是我们平常说的打坐。坐禅，是教我们练习专注，能静心、减压、增强记忆力。红尘中人心绪纷繁，难以安静，若在禅修状态下掌控自己的心，你就有能力在行动的时候，按照佛法所说，观察世间真相，智慧做人行事。禅定，禅能拂去凡尘杂念，"定"能生慧。

　　我们十人含领队在内，分成两排对坐，我感觉坐垫挺舒服的，打坐时间为 45 分钟。带领我们坐禅的是能通法师，僧人对外统称为法师。他是住持贤志法师身边的助理，负责协助贤志住持的各方面事务。

　　这个能通法师外表就像放大版的"一休"，越看越像。我脑海里不由掠过女儿小时候最爱看的电视连续剧《聪明的一休》画面，女儿常常一边摇头晃脑唱着片头曲"格叽格叽、格叽格叽、格叽、格叽"，一边玩着玩具。

　　放大版的"一休"给我们讲解完要领，就让大家闭目坐禅了。初始，禅室里安静得掉根针在地上都能听见。

　　我努力把盘坐姿势端正，"一休"法师对我们说不要求完全按标准做，我们也无法达到那柔韧的标准，他要求我们做到静心专注呼吸。我觉着效果甚微，脑袋里天马行空，不知有多少场景和事情在纷繁闪过。我责备自己，在佛门圣地还静不下这颗心？这么一想，安静了片刻。过一会儿又跑神了，想到自己正写的那篇小说《还俗》遇到瓶颈问题，已搁浅三个多月了。想着自己上午抄经的时候比这静心，可能是对这盘坐姿势不习惯。

　　才十几分钟我就觉得坐累了，不禁睁开眼，望向对面一排团友。正好相对的阿兰也睁眼望我，两人对视无声一笑，又几乎条件反射般朝法师看过去。恰巧"一休"也半睁着眼朝团友看，他要巡查一下上课的情况。我和阿兰瞬间收回目光又碰撞在一起，心照不宣露出笑容又使劲忍住，我赶紧闭上眼睛，相信阿兰也是。过了一阵子，我听见对面有响动，忍不住睁开眼望过去，是阿兰左侧的团员在伸展双腿，他盘坐得乏累受不住了，大部分团员都睁眼带着笑容望他。

　　"一休"法师也睁开眼扫视过来，那个团员看到了赶紧收腿恢复打坐姿势。大家都飞快地闭目收回笑容，我跟着闭上眼，心里忍不住笑问自己：你上课不专心，在收集素材吗？

又过了一会，我这排的团员中间位置有肚里咕噜声传来，看来这斋饭缺少油水让红尘中人不甚抵饿，正想着又是一串咕噜声传来，音量之大竟是从未听过的，大部分团员都在吃吃发笑了。我睁眼一看大家都望着小吴，没错，他最不习惯斋饭应该没吃饱，胃在抗议了。忽见他伸直腿揉着说："哎哟，抽筋了！"轰地一下大家笑开了，大有泛滥之势，屋顶似乎在微微颤动。

"一休"法师用和缓却显威严的语气强调坐禅纪律，很快止住了大家的笑声。再看小吴，也恢复了原位，神态如常。终于等到下课了，小吴说，出家人这碗斋饭不容易吃啊！团员们又是一阵哄笑。

随后我请教监院能慈法师了解到：资国寺现有六十来位常住僧人，大部分毕业于佛学院，比如闽南佛学院、普陀山佛学院、中国佛学院。研究生毕业的有八人，还有一位佛学博士，兼任本寺佛学杂志《音声海》主编，他和另一位法师曾留学国外的斯里兰卡佛教大学。资国寺培养的僧人遍布世界多地寺院，如澳大利亚、新加坡、美国等。我咨询的监院能慈法师，是毕业于河北省佛学院的研究生。

啧啧，我心里赞叹：这碗斋饭真不容易吃！

坐禅后的活动是登高望远：爬山。这一静一动好似人生的张弛有道。从寺院后山顺石级而上，登上高处，远近山峰尽收眼底，层峦叠嶂，绿浪翻滚如海澜阵阵。阳光穿过云层，给蔓延的绿色洒下无尽金辉，一派仙境中看到的是平常看不到的景致，特别是那让人希冀的远方，让人感觉有了前瞻性。我赫然明朗：做人做事宛若登高望远，历练之后你的本领越大、格局越大，你的成就也将越大。

从山上下来，口渴的我们来到寺内"却尘一品"品尝白茶。白茶亦被称为仙茶，是真正不近人间烟火的茶叶，不炒不揉直接晒干了即可。工艺的简单，让白茶有了原始天成的内涵与自然朴素的意蕴。其中尤以白毫银针为最：叶披白毫，纤细如针，泡在水中缓缓舒展，释放缕缕清香。

给我们泡茶斟茶的小梁居士看上去二十几岁，他的相貌就似影视片里某个英俊小生。叙谈中得知他在资国寺七年多了，2008年来的，那年他23岁。当时，他在内地一家管理咨询公司上班，因为老总信佛，会定期输送员工来寺院学习。小梁初次来到这里就不愿离开了，他喜欢佛教氛围和寺院的生活方式。作为独子，在家人劝阻后，他选择了居士的身份，出世、入世两相宜。小梁居士的言谈举止，让我们感到佛门寺院给人的境界提升非同小可，透着与寻常人不同的大气，禅性十足。

夜幕降临，耸立在黛色中的殿宇群，愈加庄严肃穆逸出禅韵。

我们鱼贯而入禅悦楼的藏书馆，围坐一圈于长方形的会议桌旁，聆听贤志住持弘扬佛法。他讲述佛教的起源和发展，秉持"文、教、禅、净、慈"五大弘法理念，积极推行"人间佛教"。贤志住持是中国佛教协会理事、福建省佛教协会副会长、宁德与福鼎市佛教协会会长。福鼎，是宁德地区的下辖市。贤志住持的身份表明他的佛学功底深厚，他由浅入深从六个方面阐明佛教要义，我从书上学不明白的在这里听明白了。

此前，我对佛教的理解仅停留在普度众生、生死轮回、因果报应这些浅显的层面上。我为自己惭愧，从这堂课感悟了学什么、怎样学是一定有讲究的，浅尝辄止没有意义。佛教，是修心的学问。贤志法师的开示，我感觉受益匪浅。

课间，一只大蚊子在我和相邻的小兰之间掠过数次，

2015 年 6 月 8 日，资国寺住持贤志书赠

我和小兰似有默契，不想分心听课，都没驱赶它，直至它不见踪影。下课后，小兰对我说那只蚊子听了贤志住持的课，有了慈悲心不咬人，我俩开心地笑起来。

课后，大家到贤志住持办公室参观，也因领队提出请他为团员赠送墨宝留念。贤志住持不仅修佛精进，还有一手好书法。他为团里四人写下书法，那三人均指明所求文字，如"一帆风顺"、"天道酬勤"、"学有所成"。轮到我了，我静默不语。贤志住持看了我一眼，随即挥毫而书。只见功力深厚的他运笔如云烟，蕴含天地乾坤的灵气，贤志住持书写出了第一个字："佛"。我脑海里快速跳出"教"字，"佛教之光"？因为前面所书的三幅均为四个字。

很快，"缘"字写出。这幅气韵流畅的"佛缘"，在贤志住持签名盖印后赠予我，落款处书有"柏亚利女士纪念"。

手捧"佛缘"，我感慨万分，自幼母亲和外婆带给我的这份缘落定了！回到深圳的第二天即2015年6月9号，我到仙湖弘法寺申办了皈依证，受赐法名：顿立。当年的"辈分"为顿字。至8月中旬在弘法寺经堂，印顺方丈到场为我们举行了庄严的皈依仪式，我成为在家修行的居士，了却我多年的心愿。

那晚，小兰得到的贤志法师墨宝是"一帆风顺"，她为上学的孩子而求。回到宿舍我俩感慨说，来了就要体验清修，遂报名参加第二天的早课。这可是考验意志力的一课，凌晨四点半起床，五点到达玉佛殿念经。进殿之前晨光熹微中，我们在自己的服装外面套上了咖啡色的"海青"，即礼佛的衣服。"海青"意寓：海，因海洋浩瀚深广，能容万物，自在无碍；青，其色泽青出于蓝，鼓励修行者不同凡俗，代代更胜。"海青"是僧人和居士都可以穿的，但在颜色上有区别。棕色、黑色的"海青"出家人和居士都可以穿，黄颜色的"海青"只有出家人才可以穿。

一个小时的念经体验下来，我感觉不轻松，来上早课的禅修团员不到半数。

早课念诵的是"佛教朝暮课诵"，这里面的经书内容丰富。玉佛殿的早课内容有十：《楞严咒》、《大悲咒》、《十小咒》、《心经》、《祝愿偈》、《称念观音菩萨圣号》、《普贤十大愿王》、《三皈依》、《大吉祥天女咒》、《韦陀赞》。

经文能背诵的是诵经，照经文念的叫念经或读经。真佩服这些僧人们，经文诵得如此流利，虽知是多年功夫，但我预测，给我十年时间也难背熟这些鸿篇巨著的经书，很多经文动辄五千多字或万言。之前，我能背诵的只有260字的《心经》。不过，其虽简短，佛教内涵却博大精深。

我们几个初来乍到的，捧着经书在手也跟不上节奏，只好停下来茫然地在字里行间寻找。仿佛有第六感官一样，前面这位女居士扭转身来给我指点。跟上节奏后，我瞪大眼睛不敢有丝毫懈怠盯紧而读。早课结束后我注意到这位女居士，是在斋堂给我们行堂巡回添饭菜的她。

走出玉佛殿后我对她说："谢谢你的帮助！这些经书我平时看了一些，好多看不懂啊？"

她说："看不懂不要紧，就这么读着，看着。这个世界我们每天有那么多看不懂的事情，不也一天天过来了吗？积累多了，就有恍然大悟的一天。要是都懂了，就不用读经啦。"

她说得极是，我心里有一片羽毛在轻轻地拨动。

翌日下午，禅修团去太姥山游览。这是福鼎市一处著名的风景区，大门牌坊上方"太姥山"三个遒劲的字出自茅盾大师的墨宝。这座山，相传尧时一位老母种

2015 年 11 月，摄于资国寺

蓝草于山中，其汁色蓝，榨之以染布帛。一天，老母逢道
士而羽化仙去，故名"太母"，后又改称为"太姥"。

晚饭后除了我和领队小周，没有人坐寺院的车回山上。
小兰和另两人因单位有事催办，提前启程回深圳了。其余
几人各有理由不回寺院而住市内宾馆，原定回深的动车票
时间在第二天下午。领队小周是禅修之旅的组织方，故而
团员只我一人回寺。太姥山游览结束的下午时分，我劝说
有的团友回寺里："要让这次活动有始有终啊。"

对方推说："怎么不是有始有终？活动都参加完了嘛。
在市内有事情要办！"

静静的夜，我回到寺院"客堂"房间。对面小兰那张
床空着，愈发显得房间空旷。心里，不觉空旷而感饱满，
像一块田地，种上了绿油油的庄稼，期待秋天丰收。

熄灯入眠前，我感觉到从未有过的安静，仿佛听到自
己的灵魂在与佛对话，伴着梵音从耳际穿往心间。

我问佛：人生有八苦，如何做个清静快乐的人？

佛曰：心不动，万物皆不动。坐亦禅，行亦禅。看破，
放下，自在。

后面的佛语六字箴言，我奉为人生经典。完成这三个
阶段悟道，能成为快乐的人。我对自己说，我要用心做到。

用过早斋后，我从大雄宝殿开始，绕整个寺院的殿宇

礼佛一圈，暂作告别。我知道，从此佛教信仰于我根深蒂固，浸透灵魂。往后，我慢慢研读带回的经书和以前珍藏的典籍，加深对佛教的了解。我心里已解决小说《还俗》的创作瓶颈问题，找到了写作此篇的脉络。

当拜完寺里所有殿宇后，领队小周找到我说，贤志住持刚接待完一个居士团，提出要见我们这个禅修团。领队小周说，礼同道别。我说，那我就代表这个团去吧。

我在领队小周和寺里梁居士的陪同下，往经堂见了贤志住持，他的话让我再次肃然起敬。

我嗫嚅着解释："他们，有的因为单位有事提前回了，有的在市内办事，我代表大家。"贤志住持微笑说："阿弥陀佛，理解。"

我向贤志住持请教："要怎么样，才能往自己定的目标走到底啊，路上困难重重。"

贤志住持拿过桌上一个牛皮纸信封，在上面用钢笔写下八个字："制心一处，无事不办"。随即，他为我详解这八个字的深刻含义：佛陀在《四十二章经》中讲，制心一处，无事不办。意思是一心不动而觉性常灵，觉性常灵而一心不动。一心不动谓之定，觉性常灵谓之慧，这样定慧等持，才是真正的制心一处，才能无事不办，把所有问题解决。比如说树立了人生目标，就必须理顺散乱的心，专注精进，才能智慧得开，理智得成。看破、放下就不会成为难事。制心一处达成定慧，就能无事不办。

"阿弥陀佛"，我双手合十鞠躬，虔诚谢过贤志住持。

至此，我把这八个字作为人生信条。比之我们常说的"世上无难事，只怕有心人"、"天道酬勤"，这八个字更加凝聚意念，入心入髓。

我再一次来到资国寺在同年 11 月 28 日：参加重建后的大雄宝殿佛像开光盛典。佛恩浩荡，海内外来了 108 位高僧大德，这样的佛界盛事，在千年古刹资国寺，千年一遇！我感觉自己是前世修来的福气，有缘在现场感受这盛大法喜。

2015 年 11 月 28 日，108 位高僧齐聚资国寺

　　一万多名信众到场，共同见证了这神圣庄严的历史时刻，整个盛会井然有序。贤志法师迎请诸山长老等108位高僧大德入场。

　　108位来自海内外的高僧大德，为落成的大雄宝殿佛像共同主法，加持开光。

　　大殿外，面对广场信众做主持人的张文星教授，是中央人民广播电台主任播音员，也是北京广播学院播音主持艺术学院的院长。他以站如松声如钟的诠释，表达出对佛教的敬仰和虔诚。

　　现场的我，感受到佛门盛事的震撼，这种法喜的感觉如天堂般美好，如果有天堂的话。

　　当晚在禅悦楼举行的"首届海峡两岸佛商论坛"，又让我眼界大开。大会议室里座无虚席，看到上台发言的嘉宾才知，来了好些商界大咖，还有一位美国科学家。他们都信仰佛教，被尊为佛商。我想：天道酬勤，人道酬善，商道酬信，他们都是三者俱备才会取得如此成就。

　　时隔五个月后，资国寺第二届佛商论坛举行，我受邀前往，又一次接受灵魂洗礼的禅修。

　　佛教《心经》上说，色即是空，空即是色，是指我们肉眼所见并非全是真实存在，看不到的才是真实的存在。由此，我感悟文学写作也是这样：写看得见摸得着的是常态，写出看不见的才是突破。从资国寺第一次禅修回来后，我顺利写出了小说《还俗》，获得当年深圳睦邻文学奖十佳奖项。

我赞叹佛门中人，仁善如菩萨。2015年9月初，我对创作的小说《还俗》涉及佛教知识唯恐把握不准，请资国寺的梁居士和"一休"能通法师把关审阅，他俩给予我好建议。文中主人公陈睿记者出家后还俗，我写的是人性，背景是佛教，主题弘扬佛法和"人间佛教"。而本篇"佛缘"，同样因为涉及佛教方面知识，我请资国寺的监院能慈法师把关审阅。他为我校正了名称用词，还对拜佛的规范动作描述做了订正。本文写作中，我向能慈法师请教了十几个问题，他总是耐心细致解答。有回我从傍晚6时以文字提问请教，陆续对话一小时我才惊觉："抱歉，影响您用晚斋啦，我问完了，感谢！"能慈法师以阿弥陀佛双手合十图标作复。信息当中只有二十来分钟间断，这就是能慈法师的用斋时间。

接连数天，我想到问题又接着问，心里责备自己给能慈法师添麻烦了，可又没法不问，直到这篇文字完成。

从资国寺带回一个小盆景，同样令我感触深深。

那是在资国寺初次午斋后，我们漫步于寺内的"莲峰园艺"。这里绿化植物和各式盆景美不胜收，价格低廉。

我买了一个十五公分见方的小盆景，这是一个山形的陶艺，高低有致分布了三个层次的小窝，有三个不同品种的小植物，绿色盎然，造型美观。我喜欢这盆景的意义：右下方有"人生"两字，左上方有"拼搏"两字。

回到深圳，我把它放在客厅的高柜上，似一种致敬。然而，不抬头望它就疏忽了。那段时期我特别忙碌：写书和作家考级的鏖战，忙得晨昏颠倒。这天，我离开电脑伸展疲惫的脖颈，一抬头看见它，才想起很久没给它浇水了。几个月？我自己也记不清了。最下面这株小植物，蜷缩如大拇指头般，比之前缩小一倍成墨绿色；上两层的两株植物叶片几近落光。我很是自责，立即抢救。水浇下去几天后，上面两个窝里的植物仍然枯萎离去，渐剩下小小的褐色树干。最下层的这个小精灵，却顽强生长起来，泛绿，伸展。自此，我把它叫"拼搏"。

上面两个窝的枯干，让我如同见到微型版胡杨树干：屹立不倒，钢筋铁骨。

"拼搏"如今长到方圆七公分了，比之前大两倍，生机勃勃。拍下令我感动的"拼搏"，发图给资国寺能慈法师，请他帮忙问寺内"莲峰园艺"的师傅：它叫什么名字？

能慈法师回复："叫十二卷。"

我即上网，查到"十二卷"是百合科小型多肉植物，品种繁多，形态各异，非常适合栽培观赏。这个品种是条纹十二卷：株形小巧玲珑，清秀典雅，叶片上尤其背面有漂亮的白色条纹。和其它多肉植物最大的不同是它质地坚硬，难怪那么有耐力。

茶余饭后，我常把目光投向"拼搏"，至 2018 年 6 月 8 日，它来我家满三年了。草木尚且如此顽强，人呢？有血有肉有思想的人！感谢"拼搏"给我的启迪。

感恩资国寺，从您这里带回的所有，将贯穿于我的生命之中。

人生，是一场修行。

踏上一块净土，寻一处心灵场所，拜一位高僧大德，在红尘中保持一颗仁善之心，禅定一份悲悯情怀，是为人生一大美好。

我感受到智慧生长的力量和生命拔节的声音。

我的佛缘永在。

# 鱼趣

二十八个深圳年轮

ER SHI BA GE SHEN ZHEN NIAN LUN

　　那年，我居住在南山区还在职场打拼的时候，邻居朋友乔迁新居往上班近的罗湖区，把家里两台鱼缸中的一台送我。"养鱼给人轻松愉快"，朋友夫妇对我说，"柏姐，你上班那么忙累，回到家多看看鱼吧。"这话把我说动了，遂安置这台像家具一样大的鱼缸在客厅。

　　没想到，休息时间看鱼，就看出了一些鱼的故事。

　　俗话说，人生如戏，却原来，鱼生也如戏。鱼缸里的鱼各式各样，行为也迥然不同，能与现实中的人和事对上号。

　　鱼缸里的品种有花罗汉、东洋刀、银龙、猪仔、菠萝、鹦鹉等十来种共二十几条鱼，它们身长从 30 公分到 10 公分不等。这些鱼儿各有千秋和特色，花罗汉由马来西亚引入我国，红红绿绿的花纹、头部随着长大越来越凸起，犹

各色观赏鱼，会动的画

如寿星头；银龙飘逸、潇潇洒洒；东洋刀有锐不可当的气势；猪仔如其名，能吃不爱运动；色泽嫩黄的菠萝温婉可人；两条红艳艳的鹦鹉尤其可爱，它的形状是心形的，胖嘟嘟的脸上有一张永远合不上的圆嘴，吃鱼食是靠吸进去的，看它进餐就能让我笑出声。

鱼儿每天喂食一次便可，当我掀开鱼缸盖子把鱼食撒向水面时，鱼儿们不仅视觉灵敏，仿佛还有第六感，游在角落处的也能迅速掉转头飚到我投食处。鱼儿们花团锦簇拥在一堆争食的热闹景象，让我感叹：民以食为天，鱼亦如此。其实，自然界中凡有生命的又何尝不是以食为天呢？不同处在于除了人类，其它有生命的，吃饱了就满足，传宗接代以外它们似乎别无所求。

五颜六色的鱼摇曳多姿地游弋，宛若一幅流动的画，我看着顿觉轻松愉悦。

然而，不愉悦的事第二天早上便有了：一条花罗汉头上有两处被咬破的伤痕。这是谁干的？才相处一天就不友好了！细观察，原来是另一条花罗汉所为，它总是追着它的同类弱者咬。这条厉害的花罗汉，不单袭击同类，还把别的一些鱼儿追得东躲西藏，特别是两条红鹦鹉，吓得躲在鱼缸角落的水泵后面不敢出来。

听我说了这条花罗汉如此作恶，仗义执言的邻居拿来一枚大头针扎在花罗汉的嘴唇上，这样一旦它袭击别的鱼儿，嘴唇上的针就会扎入更深也就越疼，如此它老实了一天，另一条花罗汉身上不再添伤痕。我却不忍大头针一直扎在那条花罗汉头上，请教过水族馆这才知晓：花罗汉两条在一起就打架，多条在一起反倒不会。朋友家之前在鱼缸里有多条花罗汉同处，所以没有这个问题。

针撤了，那条弱者花罗汉被朋友带走。新的问题又来了：有一天我发现这条凶猛的花罗汉额头上负了伤，被咬掉绿豆大一块皮，露出了淡白色的鱼肉，比之前它咬伤同类还要重。"这是谁干的，比它还凶？"

观察一会儿便得出结论：原来是东洋刀所为。它身子扁平、犹如一把两头翘的刀，这东洋刀够凶猛，它不咬别的鱼，常追咬那条原本厉害的花罗汉，似乎在扮大侠。却原来，强中还有强中手，一物降一物。

为和平起见，这条花罗汉也被请出了"舞台"。当花罗汉一前一后离开后，两条红鹦鹉不再藏身角落，轻快地游向鱼缸中间，不时像宠物狗在地上打滚那样翻着旋儿撒欢，感染得我直乐呵。

好玩的事儿还有，猪仔是条黑红色的鱼，原来它是个暗藏的坏家伙。一旦花罗汉走了，它就兴风作浪，总是追咬菠萝和一条红鹦鹉，而东洋刀却不作为了。没曾想，另一条鹦鹉却当起大侠，它总是勇敢地迎上去和猪仔对峙，或者追赶它，这一来，猪仔反而落荒而逃。看得我直笑，这鹦鹉根本不具备战斗力，合不上的嘴没法咬猪仔。但印证了一点：鱼和鱼是不一样的，同是鹦鹉，性情不一。勇敢者无畏，这条鹦鹉精神可嘉，为支持它，我把猪仔逐出"舞台"，免费送给水族馆，让它和同类呆在一个鱼缸里。

此后，我在水族馆又买回新品种更换过几届"鱼选"，增加了不少新成员，"舞台"始终在上演新剧，总断不了鱼儿之间的兵戎相见。让这鱼缸真正保持了和谐与安宁的，是在朋友送了我一条大青龙鱼后，就连之前凶猛的东洋刀也不见了它的习性，变得温顺起来。

这条大青龙鱼身长约50公分，威风凛凛，它实则性情温和。仿佛是和平的使者，青龙鱼坐镇鱼缸后，这个"舞台"上从此无战事。

# 勇士漂

　　人的一生中，或多或少要经历波折和艰难险阻，甚至
有惊涛骇浪。人为磨练于大自然且有了铭心刻骨的感受，
是我的职场时光里有一次去德庆盘龙峡经历的"勇士漂"，
这里被称为"中
国勇士第一漂"。

　　隶属于粤西
名城肇庆市的德
庆县，有一处山
清水秀的盘龙峡
景区，这里有中

国最大的水车群，还有美丽的瀑布群和原始森林，放眼处
古木葱茏，空气清新让人轻盈得想飞，一处不可多得的天
然氧吧。

　　在盘龙峡进行"勇士漂"需要足够勇气，虽还有另一
条"逍遥漂"，可我们无一例外地选择了"勇士漂"，为的
是磨练意志，挑战自我。说是无一例外，实则是做好了漂
流准备在排队的人员。不会游水怕呛的，怕这激流震荡的，
就作了岸上徒步游。我庆幸，自己读初中时就学会了游泳，
算是不怕呛水的人，只是这胆量还需锻炼，我从小就怕黑
夜，怕虫子，甚至有一段怕和人打交道，那是初中毕业后
随父母去往湘西"三线建设"，我上高中之前。再后来，

我遇到许多事情后，仿佛有一双恩宠的命运之手，为我披挂精神的盔甲，让我一路顽强地走来。我知道，那双命运之手，是好书、好人、机遇、勤勉等诸多因素构成。

戴好头盔、穿好救生衣、套上护膝护肘，两人一组登上橡皮筏，就开始了这次惊心动魄全长 3.8 公里的"勇士漂"。

说惊心动魄一点也不为过，虽然这个漂流没有生命之虞，水深处顶多齐胸而已，但水流之急、撞击之烈、覆舟之易，足以让人捏把汗心率加快，没有勇士精神是难以启程和完成的。

橡皮筏在激流中如同一片树叶被冲往下游，一次次与岸边和水中礁石撞击，甚至与同阀之人头盔撞击，我已经没有了东南西北、天上地下之分，甚至没有了心跳的感觉，唯一能感觉到的就是抓着橡皮筏两边绳套的手勒得生疼，只知道毫不松懈，尽管出发前早有警示：阀翻后必须立刻松手！没到这一刻我就决不松手！

漂流剩三分之一行程时，天公不作美或者说凑热闹下起大雨，还夹着电闪雷鸣，仿佛要给我们的磨练加码。最后一道关口让我有"飞流直下三千尺"的惊悚：橡皮阀从水流顶端角度很小垂直般疾速而下，我牢牢记住要点把后背紧靠着皮筏。一路上巨浪般的水花砸得人透不过气，潜水般凝神屏气憋不住了要呼吸，我被扎实地呛了一口水。这一段瀑布般的陡峭水路，落差达 100 多米，感觉比坐过山车还惊险。

　　这个难关度过，水域渐渐平缓，眼前豁然开朗。前行一段，终于到达目的地。这时便有了一种穿越时空、大获全胜的酣畅淋漓感。

　　上岸后，听同事们说，翻倒在最后一关的有好几个橡皮筏。

　　想来，人生最难处类似这道关口：当你呛水小船要倾翻难以承受时，咬紧牙关坚忍不拔就冲过去了。

　　完成一次自我突破，就有了一个质的飞跃。人生路上，需要真的勇士。

千年瑶寨之魅

都说江南烟雨美，我领略过：青石巷、清风流水、小船缓行，笼罩在一片柔柔的细雨中，好一幅安宁淡雅的水墨景色。我这次见识了粤北的烟雨图，是一种浸透心灵的美。

采风活动，在这个夏天的早晨开始了行程，为期两天半。

载着我们一行人的大巴，在滂沱大雨中前行。

我头一回这样细致地久久观察车窗外的雨景：大雨时，粗大的雨点无论落在地面还是河面，都像连天的雨柱齐刷刷让所有景色模糊；中雨时，路边一一闪过的树木就像淋湿的人列队朝后消失；细雨时，窗外的景色可以将视线投向很远，起伏的山峦像海浪涌动。

连绵的山脉在车轮声中变得重复起来，人就犯困了。

"大家看，进入连南了，这里的山很美，像桂林的！"领队赵老师一声唤，我从小憩中醒来。

车窗外变幻出美不胜收的景色来：一座座植被丰茂的山拔地而起，她的惊艳美丽不同于别处的山在山腰相连，那样即使一座座山头线条再美再奇，也就是龙啊凤啊的形似和想象。此处，她是一个个独立的不相连的山，宛如一个个亭亭玉立的天仙妹妹，千娇百媚。每排天仙的身后再交错站着一排天仙，如同我们照集体照时，后排的人交错在前排人的空隙。看来，人类的聪明很多是从大自然亿万

175

年前的示范而来。再端详这些仙女山，都不太高，各自线条优美柔和，千姿百态。最摄人心魄的是山顶上缭绕的白雾，像美人头上罩着的面纱，仿佛看到她朦胧着的俊俏五官，美得让人想上前撩开这层薄薄的轻纱，一睹这绝世圣洁美丽的容颜。

在深圳生活了二十多年的我，到过广东许多地方，却是第一次见到这么美的山，这么绝美的烟雨图，心下不禁拿她与桂林的山和江南的烟雨相比，感叹眼前的景色天然去雕饰，有更胜一筹的美。

待踏足海拔 800 多米的南岗千年瑶寨，已是下午四时多。雨停了，天空呈现出一种灰蓝的色彩，衬托出瑶寨的古朴淳厚。置身其间，仍是烟雨朦胧的感觉：青砖黑瓦的老屋，千年古树，空气洁净让人舒畅，脚下青黄相间的石板路被雨洗涤后闪着光亮，路旁青草和绛红色、金黄色的小小山花上滚动着晶莹的水珠，一条清澈的小溪从古寨的中间穿流而下。这一切，都笼罩在透明而能感受到的雾气中，天地氤氲，万物化醇，时光仿佛静止了，一种返璞归真的境界，身心得到完全放松。

抚着青砖外墙上的青苔，凝望木门和屋檐下的多处斑驳痕迹，我看到了这座古寨的千年沧桑，景仰这里历经一千四百多年积淀下来的文化底蕴。这是我国乃至全世界保存最完好、最古老、规模最大的瑶寨，有"中国历史文化名村"和"广东十大最美古村落"等美冠。

穿梭寨间，有手工作坊的酒坊、豆腐坊等土特产摊档供游人选购和品尝。在这里我们吃到了真正的绿色食品：山鸡蛋、玉米和花生，口感与在城里吃到的截然不同，唇齿留香，回味无穷。

夜幕降临，一场富有特色的瑶寨篝火晚会温暖了我们，这是一个能歌善舞的民族。瑶家妇女心灵手巧的织绣工艺，在男女服饰中得到充分展示。看到一位扮演新娘美如天仙的"沙腰妹"，让我想起白天所见的仙女山，竟觉着她就是其化身，美得清纯无比。晚会临结束前，大家受邀纷纷

千年瑶寨

上台和"沙腰妹"、"阿贵哥"牵手围成一圈跳集体舞，欢声笑语像长了翅膀飞向夜空。

余兴未尽，我们在翌日上午浏览连南的"中国广东瑶族博物馆"，进一步读到瑶族文化的博大精深，也对这座千年古寨的历史底蕴有了更深的了解和感慨。

这是一个勤劳勇敢的民族。由于生存条件所迫，远古时代的瑶族迁徙频繁，居住在深山密林。宋代以后，瑶族依山而居，开荒造田耕种。至明清时，瑶族逐渐定居而形成村落。瑶族是一个国际性的民族：经过数千年的迁徙发展，已分布到世界各地。

瑶族文化源远流长，在汉代就已创造了优美的故事传说，在唐宋元明清历代，瑶族的民间诗歌和其他形式的文化艺术先后出现，独有其民族特色风格，是我国文化宝库中的一颗璀璨明珠。

瑶族，分为平地瑶、布努瑶、茶山瑶、盘瑶四大支系及其三十个分支。四大支系之一的盘瑶，顾名思义，是有较多的盘姓瑶族。在盘瑶支系里含过山瑶、排瑶等分支。连南的南岗千年瑶寨，就属于排瑶：以其依山建房、房屋排排相叠形成山寨而得名。

盘瑶支系里的过山瑶，因其自古有"吃尽一山过一山"的生存法则而得名。连南瑶族博物馆里有一幅让人忍俊不禁的雕像群：人们即将送入洞房的一位蒙红盖头新人，竟是一名男子，这是过山瑶的"招郎"。我觉着，这与在云南泸沽湖见过的女儿国"走婚"习俗有异曲同工之妙。

过山瑶盛行招郎入赘婚姻，一般都订有婚姻协议书。入赘女方家的婚姻有三种形式：一是"卖断"。男方完全脱离自己父母家，从了女方家的姓氏，更改名字，所生子女随女方姓。二是"两边顶"。若女方的父母没男孩，男方入赘后所生第一个男孩随女方姓，第二个男孩随男方姓，其余的由双方协商跟谁姓都可以。三是"两边走"。若双方父母都年老体弱又无其他劳动力时，每年夫妻俩要在双方父母家各劳动半年或数月，赡养双方父母，公平合理。从对老人的照顾里，我们看到了中国传统美德在瑶族文化里的弘扬。

采风活动结束，脑海里有挥之不去的烟雨图闪现，最后定格于古寨，其独有的魅力，伴随一份不会褪色的记忆，印在了我的心间。

探秘长寿村

二十八个深圳年轮

ER SHI BA GE SHEN ZHEN NIAN LUN

没想到，从网上搜来的村庄游，会成为我和几位朋友的一次终身难忘之旅。虽然时光如流水，可每每想起，我就有一种存放美酒的感觉，愈放愈香醇。常常在节假日来临，我都会不由自主想起那里的美丽天空与山水，那样的一段美好际遇和人文。

深圳那年的冬季非同寻常地寒冷，我患感冒半月多未愈，药、针用了不少也不奏效，干咳得眼冒金星、太阳穴发疼，大年三十我还从医院拎了大包的中药回家，医生说是支气管炎，要治好得慢慢调理。

朋友们鼓动我，春节游去乡下吧，新鲜的空气有助恢复。

我到网上搜索：广东长寿村。哈，有八个地方，看来，广东的长寿地之多，属全国前列了，这和广东人的饮食清淡有关？还有山清水秀的环境？总之，肯定是没有污染的地方。在网上逐一研究后，目光锁定在大埔县青溪乡的石

广东大埔青溪乡的石市长寿村，河流清澈

市村——有广东巴马长寿村的称谓。从网站照片和视频上看到石市村的山水很美，令我心动。

年初二午时我们一行五人出发了，傍晚时到达大埔县城并歇息于此，没有直奔长寿村，是因为网站上的联系手机号打不通，信号不好，这阴差阳错，也为到达长寿村喜剧般的奇遇埋下了伏笔。

初三上午，由大埔县城开往青溪乡的公路上，年味很浓：长长公路两旁绿树上挂满了柚子般大小的红灯笼，喜气洋洋，蔚为壮观，看得我连喊停车拍照。一路悠闲前行，到达青溪乡后，导航出现盲点不工作了，好在青溪乡到长寿村只有半小时路程，岔路处问一问挺容易就找到了。我纳闷：为何不像风景点一样设些路标告示？后来才知正在统筹规划中。正所谓好酒不怕巷子深，这点难度挡不住我们要一探究竟的好奇心。

到了，一看村前这条深蓝色的河流，两岸绿色如织的秀美山峰，情知是这，和网上视频一样。我诧异这河水怎么像海水般蓝？公路不宽，左侧是依山而建的村落，都是两层民居，掩映在绿树间，门前院里种有柚子、香蕉、桃李、桔子等果树，一派闲适的农家景象。灿烂的阳光为这里的所有镀上一层金色。令我没想到的是，在这块美丽的土地上，能邂逅一种已有百年并称霸千年的珍贵盆景植物。

　　村里最繁华处，当属村道中段：左侧是一溜红色釉面砖的门面房，像长长的联排别墅，一楼还设有小商店。开过这一段，民居渐稀，道路右侧的河水上游有一座水电站，三岔路口附近有几处餐馆酒楼。然而，开到跟前我们傻眼了：全都铁将军把门，放假了。时已过午，车再往前行，是缺少人烟的山路了。导航这时苏醒并提示："您已进入福建永定县。"原来这里是粤闽交界处啊，掉转车头折返村里。

　　第二户民居的热闹景象吸引了我们停车询问。院内熙熙攘攘约30来人，三张餐桌摆满佳肴正待开席。因为没看到餐馆的招牌，我小心问迎上来的一对青年男女："这村里有餐馆吗？"

　　"有，我帮你联系。"男青年拨完电话后说："放假了。"随即，他俩和另一名走上前来的40多岁中年男子热情邀请我们入席吃饭。看模样，这位理着平头的中年男子是这家的主人，他的眼眸充满真诚的光。饥饿中的我们顾不得矜持就"入乡随俗了"。这是一个家族过年聚会，三代同堂。在外工作的，读大学的，都回来了。好丰盛的客家年饭，桌上琳琅满目十几碗，虽算不上山珍海味，但这些鸡鸭鱼肉、山间竹笋、木耳、红菇之类的本土菜肴，吃起来特别香，得益于这儿青山碧水的好环境吧。女主人拎了大茶壶往每人杯中不断添加香醇微甜的自酿米酒，这场景颇有北方人大碗喝酒大口吃肉的豪爽，桌上每人都会对我们这些不速之客敬酒劝菜："把这里当自己家一样！"此后，这句话我们听到了无数遍，倍感温馨。

饭后，男主人邀我们到他家的茶室喝茶。我拿出一张字条给他看："从网上搜到这村庄和联系人电话，可是电话打不通。"他笑起来："这是我的电话啊，村里信号不好，我家装了接收器，在家好接收，不在家时接不通。我们这里的旅游刚对外开放，你们是第一批客人。"他打开手机来电显示出我的号码，大家哈哈笑了，直呼有缘。一旁他的妹妹告诉我们，他是这村的村长，这一村人都姓陈。我们这帮不速之客笑了：误闯民宅，就进了村长家，哈哈！

陈村长把我们安排在他妹妹家住，因为他家被儿女亲戚们住满了。"住我家，不怕的！"村长妹妹热情豪气的话语把我们逗笑了，她家新落成一栋三层楼房，装修得像座小宾馆。村长建议我们在这里玩几天后，再去游览福建永定的客家围屋景点，离这只有一个来小时的路程，若需要他可带路，好一位细心周到的村长。

接着，村长打电话把网站制作人、回村里过年的陈总请到了我们面前，身材挺拔的陈总俊朗随和。原来，陈总兄弟俩在深圳打拼三十年，事业有成，旗下的科技公司颇具规模。有感于家乡的山水之美和长寿资源，陈总投资建了这个网站，协同当地政府将这方风景向世人展示。"这地方，有许多故事，还有许多没有解开的谜，等待你们来解开。"陈总的话，透着文采和哲理，他说，"这里的历史，是一部山乡风云。"我随后了解到：解放前的三、四十年代，因为这方区域没有铁路、公路，村里两岸与河道，是木船航运担当闽粤转口贸易的重地，有"小香港"之称，又因为这里石头多而名为石市。

下午，陈村长和陈总带我们"上山下海"。我们先乘木船游览了村前这条河，怪不得河水深蓝如海，原来这是深达 70 米的水库水。1989 年这里建成水库，河里的水清纯洁净，供往潮汕地区。小船诗意地在河面上轻轻前行，和煦的春风扑面而来，空气里透着沁人心脾的芬芳，我们蛰伏了一冬的郊游情致，在这儿如闲云野鹤般翱翔。

听村里人说，用大网捕鱼时，最多的一网能达千斤。游完海水一般湛蓝的水库河，我们开车往村后的山上行驶。据介绍，这里是当年东江纵队一个分队打游击的地方，队长是位巾帼英雄，姓郭，山上还保留着当年的一座两层碉楼哨所。这后山之巅有奇景：苍穹下，从 180 度的视角望过去，山脉线条宛若一条奔腾的巨龙，让人震撼！

登山完毕，下山后路过村书记家，我们又成不速之客进去喝了书记泡的功夫茶。地方不大，有这好处——短时间就把这儿的父母官都遇着了。让人感慨的是，仅有四百二十人的村庄，走出了数名企业家、名牌大学生、青年才俊。村里老人个个长寿，八、九十岁以上至一百零二岁老人共 56 位，其中夫妻 20 多对。这里长寿人口的比例，大大超过联合国公布的长寿之乡标准：每十万人中须有百岁老人 7.5 人。

晚餐在村里最长寿的 102 岁老寿星俞万娣家里进行。依旧是满桌丰盛的菜肴，依旧是大茶壶往杯中倒酒。老人的儿子做得一手好菜，特别是那清蒸水库鱼，鲜嫩无比。在院子里，我们聆听了百岁老人的长寿之道：一生勤劳，生活乐观，性格开朗。解放前，老人 40 岁时没了丈夫，她一人劳作拉扯大 6 个小孩。老人百岁前每天用液化气和高压锅为晚辈做饭。为安全计，百岁后晚辈就不让她做饭了，但她坚持养鸡至今。老人的饮食早餐是粥或面条，中晚餐是米饭和菜。老人单独坐在我们一旁用餐。我看她面前两个碗里一是米饭，一是肉和青菜，还有一个酒杯。我很好奇，"老人家还能喝酒吃肉？"她儿子说，母亲每天喝一两自家酿的米酒。她还有牙齿，能嚼动米饭和肉，但她最爱吃鱼和青菜，她吃鱼很细致，从不会被鱼刺卡到。前年还有一则喝酒的趣事，某天她自己倒酒不小心倒了一满杯，索性都喝完了，微醉后见着谁都笑，呵呵。

老寿星九十二岁那年，她与后辈一起游深圳，在仙湖弘法寺见到方丈本焕，还送了她一串佛珠呢。

翌日，我在白天的阳光下细细端详老寿星，她的外貌比实际年龄要年轻许多：灰白色的头发，人不胖不瘦，脸颊是饱满的，不像许多高龄老人那样清癯。她穿一件棕色底泛着蓝花和红花的棉袄，圆形衣领上还点缀了一些小珍珠，呵，是个时髦的老寿星！虽然我知道这都是晚辈的孝心，但她看起来只有八十多岁。留在我脑海里印象很深的两幅画面，一是合影时，她始终洋溢着笑容，眼睛笑成了两弯新月；二是晚餐后，我们在院子里围坐一桌喝茶聊天时，她从一楼自己房间里搬把椅子出来坐在阶沿上，静静地听我们说话，神情极专注。晚辈介绍说，她至今眼不花耳不聋。九十来岁的时候视力听力还不输后辈，能做针线活，院墙外面路边走来串门的村里人，一听说话声她就能说准是谁来了。

从老寿星家出来，我们受邀观看隆重的祭祖活动。这活动分批进行，每一批是同一个老祖宗传下的几个家族一起祭，所以村里的祠堂从年三十就开始了祭祀活动。

我们随队伍进入到这一户，是今晚祭祀活动敲锣打鼓的起始人家，一会儿，热闹就从这里延伸出去。进入院子，我被院墙下一排半人高的盆景吸引了目光：如同黄山松的微型版一样千姿百态，雅美如画！成对生长的绿叶中结着米黄色球型骨朵，灰色树干如铮铮铁骨遒劲有力！随之我了解到这是黄杨木系中的小叶黄杨，又称千年矮，一年才长一寸。这些树龄已达几十年，有的甚至百年。市场售价以树高度、树冠宽度和树腰围来测树龄，百年的可达百万元之上。2007年我国第二届盆景博览会上，一盆树龄达三百五十年的黄杨木盆景，市值五百万元，是买主2001年从大埔山区淘的宝。

"哇"，我像发现了植物恐龙一样兴奋："这里的人长寿，植物也长寿啊！"原来，这千年矮可以像传家宝一样传下去，增值。

锣鼓喧天敲起来了，不单为祭祀，也是过新年。我们加入队伍中，用力敲锣，喤、喤、喤，节奏由慢而快，敲得酣畅淋漓痛快！

祭祖的宗祠名为敦厚堂，上书对联曰："敦厚创业承先志，睦族和邻启后裔"。站在祠堂门口，望着大堂上方"敦厚堂"的牌匾，我品味到敦厚两字在村里人中的真实演绎和传承。在鸣响的鞭炮声中，家庭成员分别上香叩拜祖先。这样一种热闹庄重的情景，我以前只在影视剧中见过。祭拜完，祠堂外燃起了绚丽的焰火。陈总买来许多烟花庆贺春节,将一份赤子情怀,在家乡的上空尽情绽放。

一切复归平静后,夜色如黛。深蓝的天空中闪烁着钻石般的繁星,这对都市人来说是一种奢侈享受。清幽如梦的氛围中,让人感觉到灵魂的放松。望过去,宁静的河面犹如巨大的深蓝色宝石,河对岸低伏的山峦,形似一只栖息的凤凰,恬静秀美。我顿悟:村里后山与河对岸的山是龙凤呈祥啊!

天然美景,人杰地灵。

早晨,我们受陈总邀请款待游览著名的永定县客家围屋景点。素昧平生,在这里受到亲人般的待遇,让我们感叹不已。

回深后,我的干咳症荡然无存。

大自然,真是一味良药,我深知:这其中还融着长寿村那淳朴的民风与人文情怀。

水仙魂 文学梦

——《水仙魂兮》新书发布会暨讲座

二十八个深圳年轮

ER SHI BA GE SHEN ZHEN NIAN LUN

水仙魂　文学梦

时间：2016 年 10 月 23 日　　地点：深圳市图书馆南书房

一

首先感谢深圳读书会、市文化组义工读书会、市图书馆南书房三家给予的平台，让我们相聚在这里，感谢所有到场的新朋老友。

说起文学和写作，我想问大家一个问题：文学到底是什么？

我知道，这样的问题，像一千个人眼里有一千个哈姆雷特这样的回答，每个人对文学有自己的理解。文学的魅力，在于它能够穿透人心，能够穿越所有的时代。对文学的解读，抛开理论上的，对我来说就是一句话：文学，是我的灵魂家园。

来到这里的朋友，都是有文学情怀的人，即便不写，也会看这方面的书籍，哪怕工作再忙，也会在有空的时候看一看，或者接受相关的资讯。只要看看手机微信，几乎人人都和文学有关，人人都在写作，因为发送出来的文字，常常就是一个小故事，甚至是一篇微型小说。举个例子，邻家一个小妹，她有一天发微信朋友圈说："我的意中人是个盖世英雄，有一天他会穿着蓝色运动鞋来娶我。"看

191

看，这就是一篇最微型的小说，少女的情怀展露无遗。一句话里面有男女主角，有悬念，还留白多多，让人寻思。高手在民间，他们不是作家，却有着生动的表述，值得我们在生活中观摩学习。

最近，微信圈转得挺多的一条，是习大大那篇《我的文学情缘》，详述了他阅读的文学书籍和对文学的喜爱。看看古今中外，从大人物直到我们平民百姓，大部分人都有文学情结，这个结，会贯穿人的一生。我们知道，军事，可以使国家强大；经济，可以使国家壮大；文化，可以使国家伟大。而文学，是文化的核心。文学，有彰显人性的力量；文字，有入心入髓的功能。

2016 年 10 月 23 日，深圳图书馆南书房我的新书发布会及讲座

　　我很庆幸，定居在深圳这样一个经济发达的城市，却又是一个敬仰文化的城市。可以说，深圳是一块文学的热土和福地。和许多城市相比，深圳对文学很重视，不仅在国内"全民读书月"中保持热度走在前列，更有每年的"深圳文学季"活动，开展得如火如荼：由深圳市委宣传部指导支持、市文联主办，市作协联合各区文联与作协承办以及相关新闻媒体参与，全市各文学社团、文学期刊协办，全市作家和文学爱好者广泛参与。

　　邻家社区 2013 年发起的全民写作与"睦邻文学奖"，是一个永不落幕的文学大赛平台，为文友们提供了一片辽阔的天地。有志于写作的文友，在这里发表习作，结识许多志同道合的文友。以前，"睦邻文学奖"是市级文学比赛，2016 年起，就面向全国了，这个赛事入选国家新闻出版改革发展项目库。

　　中心书城晚八点周五书友会，不断有文坛大咖大腕讲座，给我们补充文学的营养，学到书本上学不到的知识。还有市图书馆五楼多功能厅、各区的图书馆、文化大讲堂等文学讲座，都在源源不断地为文友们提供文学的美餐。

　　让我深受鼓舞的是，文学"深军"力量雄厚，深圳有多项举措推动文学事业蓬勃发展。我们有理由相信：文学，是永远的春天。

# 二

下面，我讲自己的经历、感悟、我的写作心路历程。

讲经历，得从这个缘说起。和文学的缘分，要追溯到小时候了。最初，我把大人给的零花钱到地摊上看小人书，至于怎么有兴趣看小人书的就记不清了。那时候一分钱看一本，长辈给的零花钱一般是一两角钱，一角钱可以看十本，到过年的时候，得到的零花钱最多有一块多钱，就很高兴了，可以把地摊上的小人书一网打尽。

上小学时，两个场景让我到现在都记忆深刻：在家里看到父母为了一本书争来抢去的，就为了优先阅读。到了周末以及寒暑假，我会住在外婆家，离父母家有十里远。有一次晚上停电了，我看到外婆在煤油灯下看小说，她年青时读过书，是她那个时代的知识女性。外婆那个晚上看书的姿势很独特，大概是因为煤油灯昏暗，看字不清楚，她就站起来靠近煤油灯看书。

我因此对三个大人的举动产生了好奇，会想：是什么宝贝让他们这么着迷？大概从小学三年级起，我趁大人不在家的时候，把他们的书拿来看。里面有生僻字，但一句话看完就读懂了意思，也就收获了乐趣。后来知道了，让外婆着迷的是《红楼梦》，还有《家》、《春》、《秋》这类小说，父母看的范围就广一点，古今中外的小说。我跟着沾了三个大人的光，看了他们所看的大部分书。

那时候在"文革"当中，破四旧、抵制封资修，好多书被卖到废品收购站了。外婆上班的小理发店，紧挨着废品收购站，外婆人缘好，和那几个大婶大妈关系好，就由着她到书堆里挑选书籍带回来看。家里三个大人看，也带动了我看。由此，我的作文水平直线上升，从四年级起，作文总是被老师当范文在班上念，这仿佛是一种激励，以后这种势头就保持下去了。高中的时候，我有一次在成人保护下，游泳横渡了湘西沅陵的沅江，我把这个过程写成了作文，老师的评语说，作文是以小说的形式写的，给我全班最高分。这就是我的第一篇小说，原来，小说看多了，作文也能变成小说。经历丰富，对写作有益。

到了下乡当知青时，分配给我文书的身份，不是不干活，是每天下午四五点钟坐渡船过河到对岸的邮局，拿回知青点的报纸和信件，再就是写工作总结、报告、计划之类。我还在知青夜校里当老师，两男两女四个老师，每月每人讲一堂课。虽然那时候学的是马列主义、毛泽东思想，可我们私下里还躲着看文学书籍，比如有禁书《青春之歌》、《三家巷》之类，甚至有一次《简爱》这本名著到了知青点，可惜传看的时间短，隔壁那对双胞胎姐妹看完就送走了，一天都不能留。当时我到她们面前翻看了几页，就没时间给我看了，觉得好馋哪，就像我天天吃青菜，看到她俩在吃大鱼大肉。

三年的知青生活，对于城里长大的孩子来说过得异常艰难。我能忍受下来，得感谢我父亲，之前他让我吃了苦，受过磨炼。那是刚到湘西的时候，初中毕业的我，等待厂子弟中学建成读高中。大半年时间里，父亲看我闲着也是闲着，就把我放到施工队去干活，同时也可以挣钱给自己交学费。施工队，就是如今的农民工队伍，我有时候是用手推车把石灰块运到石灰池边，有时候是去打泥巴砖，等到烧好的砖出窑了，再和农民工一起运出来。我挑得少，和大人不能比，苦就苦在戴了口罩和手套也难抵挡那么多黑灰，一场活干下来，像个非洲黑人了，脸上手上黑麻麻。

远在千里之外的外婆看到我写给她的信哭了，写信来责问父母："怎么把孩子这么用?!"现在想想，国外为什么会把孩子送到部队上服军役，包括王室成员。看来，吃苦是磨练身体和意志的必要环节，人，因此坚强。

如果把行业划分为五大类：工、农、兵、学、商，我除了没到部队当过兵，其它经历都有。没当过兵但是当过民兵，在下乡的知青点和工作过的军工厂，都当过民兵。

军工厂当民兵还打枪训练，是步枪，那时候视力好，比赛得过优秀射手，奖品是一条白毛巾，上面印了红字：优秀射手。放了好几年都不舍得用。后来，调到厂保卫处当干事，岗位叫文书，就打过手枪了，八十年代的军工厂保卫处，从处长到几位干事，都配备有手枪，他们分别是海、陆部队退伍的军人。有时候，他们出去训练，我就有了跟随打手枪的机会。

说起这个保卫处文书的工作岗位，又和文学有关。当知青到第三年底时，就是国家恢复高考的 1977 年了，我因为从小重文轻理，被数理化拖了后腿，落选了。当时心气还高，填了两个志愿：第一是北大中文系，第二是上海复旦大学新闻系。想以后出来当老师、当作家或者记者。我准备着如果没考上第二年再好好复习了去考。11 月份考试完，12 月份我就从知青点被首批招工进厂当了工人。几个月后高考结果出来我落选了，偏文科的我被数理化拖了后腿。父亲知道我第二年还要去考，就对我说，女儿啊，家里五个孩子你老大，如果不上大学早点工作，还能帮家里减轻负担。我把念想埋在了心底，直到过了一些年头，我参加成人高考读了深大获得文凭。然而，这个北大梦在心里埋藏了 20 多年，直到 2005 年底逢国企改制，我买断工龄去北大进修，才圆了心中的念想，这是后话。

我当年进厂当学徒工，这家军工厂是造军用飞机发动机的，也就是飞机的心脏部位。我所在的车间，是工厂十个车间里的核心车间，叫做工具车间。我们生产出来的工具，给其他车间的机器当工具，再生产出飞机发动机的零部件。这个工具车间里，我干的工种严格、细致，叫钳工，和我们现在家庭用的这种钳子不是一个概念。那是一种手上活居多、对产品要求严苛、放到仪器下面去检测的精确度高的工种。

工厂忙，赶任务常常月底要通宵加班。白天上了 8 小时班，晚上还要熬通宵，一直到第二天早上六、七点钟。这种超负荷的忍受力，得感谢下乡当知青的锻炼了。那个年代加班无怨无悔，没有加班工资，就是一个加班盒饭。那时的盒饭用铝饭盒装着，普通饭菜，少荤多素。

什么样的情况下能有超出工资的收入呢？我在三年学徒期，每个月的工资 20 元，干活计算工分，超额完成任务有奖励，最高的一个月三块多钱奖金。别小看这三块多钱，那个年代五分钱可以在食堂买一份酸菜蛋花汤，分量还足，汤和菜各一半，那时候两毛钱就可以吃一份荤菜。

我想省下钱来去订文学杂志，就经常吃酸菜蛋花汤。一开始我是周围人订杂志最多的，三份。后来为省钱就借来看，把钱用来上写作函授班，也叫刊授班。记得很清楚的是，第一个报名参加的是《鸭绿江》杂志办的函授班，这个刊物现在还在，辽宁省作协办的，有六十多年历史了。通过寄资料来学习，学完了以后，如果再看到有教写作的函授班、刊授班，我又报名。

第二个报的是山西的刊授大学，接下来报的是工人出版社和作家生活报联合办的函授班，叫做"写作与美学"，还有湖南的"刊授文学院"。1988年秋来到深圳后，等生活安定了，当我在1989年下半年看到消息说《人民文学》创作培训中心办函授作家班，我即报名了，两年的函授学习。挺有意思，我把这些学习证书和从邮局寄学费的单据都保留下来，搬了几次家也没扔掉。我现在带来了，感觉像古董一样，看看对年轻人有点励志作用不？从这6个班的学习证明，可以看到我一路走来的脚印（展示物件）。

回到八十年代话题。在我三年学徒期还有几个月将满的时候，夏天，厂里举办文学比赛，我以一篇小说《夏之夜》获得一等奖，写青年人技术攻关与爱情的故事。年底的时候我的一篇小说《水仙花，在隆冬开放》，发表在湖南怀化地区文联杂志上，很快我从蓝领变成了白领：由工人成为厂保卫处的文书。常写总结、计划之类，写得最多的就是立案报告和结案报告。到了"严打"那一年，军工厂保卫处的编制就改为公安分局了。忙碌的时候也把我抽去办案子，和另外的干警一起，他讯问我做笔录。还有一次独立办案：局里派车把我从湘西送到远隔千里的省城去找当事人做笔录。

局里同事们的敬业和破案的精彩，那些加班的辛劳和日常点点滴滴，都成为我以后职业生涯里无法重复的珍贵经历，也为我的写作留下独特素材。

在这里，我要说一下第一篇小说的发表由来：《水仙花，在隆冬开放》，是我真正进入写作和投稿发表的第一步。我的外婆，让我看到了人间大爱，我从小是她一手带大，直到成年了才知道她不是我的亲外婆，没有血缘关系，是我妈妈的后妈。我从小由外婆带大，直到上小学了才回到父母身边。

一岁时我得了麻疹，那时候没有疫苗可打，至今也没有特效药。这种最凶险的儿童传染病折腾得我九死一生。那年的麻疹大流行，我们那座城市死了不少儿童。好不容易轮到我有一个住院病床，还是刚死了一个孩子才抱走。外婆忌讳这个，宁愿坐在一旁也不愿把我放在床上。当时我高烧多天不退，吃药打针都不管用。外婆为了我办法想尽，最后寻到乡下老中医的一个偏方才止住了高烧。当我麻疹好了以后，外婆还不放心，背着我上南岳衡山去求神拜佛，保佑我健康平安。作为佛、道、儒三教合一的圣地南岳衡山，在那个年代徒步登顶，异常艰难。

2010 年底，我重走这段路，为的是体验外婆当年的辛苦。到达衡山当晚，我在山脚下租了车上山，盘旋 40 多分钟后到祝融峰不远的观日台招待所住下，以便第二天一早登顶祝融峰。当年外婆背着我上去没有公交车，更没有小车，路也不好走，20 多公里的山路，外婆得背我走一天。在招待所办手续时，我见到一对年轻人刚到达，得知他俩走路上山的，花了 7 个多小时。中年的外婆一个人用布兜背着我，从清晨走到夜晚，投宿于山上简陋的客栈。远路无轻载，这是我此趟上山没有体验到的艰辛。这个上午，在海拔 1300 多米高的祝融峰，我叩拜后走出祝融殿，脑海里想象外婆当年的情景，顿时心酸得泪流满面。

外婆对我们一家人的无私奉献和资助，像蜡烛，燃尽了最后一滴泪。我看到的外婆，不单对我们一家人好，对别人也好，一副菩萨心肠，总是热心助人。现在看来，外婆是中国版德兰修女，更体现了中国传统女性的真善美。当外婆去世后我悲痛欲绝，不能接受，我最亲的人去了，让我难过的是没能报答她，在她去世的头一周，我的眼睛哭出了血丝，刺疼得张不开了，妈妈带我到医院看眼科，医生说，你不能再哭了，不然眼睛会瞎的。用了药，眼睛好多了。我回到千里之外的湘西，那一个月，怎么也走不出这种极度悲伤。那段日子下班回来，天天晚上对着外婆相片哭，对着她留下的那盆水仙花哭。

师姐知道以后，看着我红肿的眼睛说："师妹，你不是爱写吗？把外婆写出来，让更多的人知道啊，就是对外婆最好的怀念！"一语惊醒梦中人，我当天晚上就写起来，有时候是边哭边写。一周内写完了有一万两千多字的这篇纪实小说《水仙花，在隆冬开放》。当时湖南湘西最大的文学刊物就是怀化地区文联的《春》，我找来这本杂志，按照上面地址把稿件寄了出去，没多久就发表了，编辑部来信说，有读者感动得寄信谈读后感。我周围的女友看了落泪。这时候我才知道，带着强烈感受写出来的文字能打动人心。这是1983年的1月。

我从湖南湘西调到省城工作几年后的1987年初，这天我看到长沙晚报登出一条消息：纪实文学征文比赛，五家联合举办，市作协、新创作杂志社、长沙晚报、电视台文艺部、广播电台文艺部。

看到比赛消息后，我把写外婆的这篇小说，修改补充成一个中篇寄了出去，名叫《水仙魂兮》，就是现在这本书的名字。我把这个中篇小说收录进这本集子，以此命名本书，也是为了纪念外婆。当时，参赛稿投出去有三个月了吧，一天下班路上，我们设计院的纪委胡书记老远就喊，"小柏，今天晚报有你好消息，获奖啦！"我赶紧跑去阅览室找报纸看：二等奖。过了两天，我收到市作协寄来的信函，通知我获奖了去参加颁奖会。

去颁奖会时，从发放的名单里才知道，获奖作者里面除了一位大学老师和我是写作新人，其他 10 人大部分是专业的，比如报社编辑、作家。我觉得自己水平不够，得好好努力。我又写了几篇小说往外投稿，陆续在市级、省级文学刊物上发表了。市作协给我寄来会员表格，填了。当时市作协入会标准是：在市级以上文学刊物发表作品 3 篇以上，或者取得市级文学比赛奖，两者居其一就可以。

摄于 2016 年 10 月 23 日，深圳图书馆南书房

多年后，有一天我忽发奇想，上网百度一下当年那 11 个获奖者的名字。令人赞叹：他们大都硕果累累，我很受鼓舞。或者，人的激励也和环境有关联。比如说，我调来深圳以后，偌大个集团只有我一个文学爱好者，周围没有这个氛围和热度，我只是小写，报纸上发点豆腐块，那时候，还是商报的通讯员。有两次完成单位派写的任务，一次歌词一次小品代表单位去参赛得了奖，这些经历的叙述，在我的散文《二十八个深圳年轮》里面写到。

我形容自己在 2014 年以前那些年头，是在文学的路上打瞌睡。以前总是自我安慰说，工作太忙，也是在沉淀积累，希望能够厚积薄发。十几年前，我开始一部长篇的构思，想写那个年代的一个凄美爱情故事，故事原型来自我舅妈。觉得自己功力欠缺，就一直没动笔。到了 2005 年底赶上国企改革的机遇，我就果断地买断工龄北上求学，2006 年到北大中文系进修。在那里，我领略了学院派的博学与精彩。我选修的几门课程里重点是《小说的艺术》、《当代最新小说研讨》。可能像酿酒一样吧，得有个发酵的过程。这两年才开始由过去的"小写"转变为"中写"，就是从写豆腐块到写书，还有往外投稿。小说集、散文集完成，往后就是长篇作为重点了，慢慢写，不着急，用心用时光好好打磨。

在当下繁忙的工作中，在琐碎的生活里，人们常常觉得时间不够用，我自己就是这种感觉。写作，像聚沙成塔，只要坚持写，就有收获。周晓枫老师说过一句话让我印象深刻：把一个人生爱好，坚持做到十年以上，你就是英雄。

## 三

我想说的第三个方面是：作品怎么写，写什么。

其一，要有六觉；其二，要有思想；其三，要有真情；其四，要有好的故事和细节。

六觉就是：视觉、感觉、听觉、触觉、嗅觉、味觉。周晓枫老师在她的讲座里说，作家要有鹰的眼睛狮子的心。这一句话，就把视觉、感觉说透了。鹰的眼睛，这种视觉多么犀利、多么开阔的视野；狮子的心，代表强悍的追求与感觉，如果对作品的把控有这样一种力度，相信能够打动读者，带来心灵的共鸣。

听觉，不单指描写各种声音，我认为，听来的故事，也是一个好渠道。我去年写的一篇小说《还俗》，是听来的一句话故事。在一个文友聚会上，钟润生老师说，报社有个记者出家又还俗了。我说，这是个独特的题材，建议你写篇小说，他说不写，对佛教没研究。我说我有佛教方面的书籍，可以给你。他还是说不写，我说你不写我就来写了，他说好啊。就这样，我有了这篇小说的创作，还专门到寺庙去了解出家人的生活。

触觉，不仅是指物理体验上的触觉，还包含我们对这个时代的触觉，在这一点上，它和视觉、感觉在一起密不可分。

嗅觉，在小说中能起到很独特的作用。举个例子：莫言在法国的国家图书馆演讲中说，福克纳的小说《喧哗与骚动》里面有一个人物，他能嗅到寒冷的气味。其实我们知道寒冷是没有气味的，但是福克纳这样写了，我们不会感到他写得过分，反而印象深刻，十分逼真。还有作家马尔克斯，他让笔下的人物能嗅到死亡的气味。这两个作家用到的嗅觉，有出其不意的效果。

味觉，以前在写这方面时，就是传统写法，无非就是那些形容味蕾的感受。可是有一次，我受到女儿说话的启发，原来味觉还可以这么说。那是几年前，我吃到一种小袋包装的卤鸭掌，很好吃，就寄给远在伦敦的女儿分享。她给我打来电话说，哎呀妈妈，这个鸭掌太好吃了，这个味道是有层次的。她告诉我刚吃在嘴里是什么感觉，嚼了一半是什么感受，吃完了嘴里喉咙里又是一种什么味觉。最后她说，都不舍得快点吃完，怕很快就没了。放下电话我就想，第一次听说味觉是有层次的，感叹生活中的语言精彩。在文学上，味觉不单指纯指物理上的，我们有时候会听到说，那个人好有味道啊，这绝不是指那个人身上有什么味道，指的是内在感觉。

怎么写、写什么，其二，我认为小说要有思想，这样才能有深度和力度。我这样说，并不是我就达到了，包括前面说的六觉，还有现在说的思想，都是我要努力靠近的目标。

其三，要有真情，情注笔端，才能用真心和真诚感动读者。

其四，小说要有好的故事和细节。没有故事性、戏剧性，就沉闷不好看。小说，是语言和细节的艺术，好的小说，一定离不开生动的语言和细节。如果留意生活，常常能找到印象深刻的细节。讲一个自己的感受。我的非虚构《二十八个深圳年轮》，发在邻家网上后，文友对我结尾部分吃西瓜的细节好评。写我到蛇口的老板女友厂里去，她身家丰厚，可是先前打工妹时的习惯没变：吃西瓜，吃剩的西瓜片上丝毫不见一点红瓤，白白的。这个细节反映了她勤俭节约的本色，甚至有点离谱的感觉。可她就是这么一个人，十年前我们聚会，有位先生惊讶地当场问她，你怎么把红瓤吃这么干净？她笑了一下说，是啊。她一点都没有难为情。细节，能体现人物性格和内在。

关于怎么写，我想借用一句话，不记得是哪个名家说的了，但是这句话给我印象特别深刻，他说作者要像鬼魂一样，在作品里面无处不在，无所不知。这其实是提醒我们，要全方位把控作品，要深入到人物内心世界，知识面越广博越好。特别强调的是：写作是想象的艺术，作品里面要留有空白余地，要有想象的空间，不能塞得满满的，好比装饰房间，四面墙上和空间都布置满了堆满了，就没有艺术感可言，只会让人生厌。

对于写什么的问题，我想说，生活中有大量的素材可以提炼，你周围的人，你熟悉的人，甚至你从一篇新闻报道也能产生灵感。我这本小说集里的第二篇《还乡》，是从网上看到一个农民工的父亲因贫困而自杀，看得我落泪：打工的儿子赶回老家探望病危的父亲，他见到儿子感到安慰，病情就好转了。儿子缺心眼说他回来一趟不容易，因为这是第三次请假了。结果父亲夜里就喝农药自杀了，他不愿意给儿子负担，也怕花钱治病拖累家人。我对这个故事加以改编，写成了短篇小说《还乡》。《还愿》来自我生活里的真实素材，妈妈病危住院到去世，我就不介绍了，不然又伤心。我只想用这样的小说唤起人们对亲情、对孝道的重视。

写作离不开阅读，著名作家徐则臣谈创作的一篇文章叫《读开和写开》，说得透彻。他开篇就说，训练其实很简单，你一定要勤奋。他有一段话说得挺有意思，他说很多人写小说容易形成烂尾楼，就是在某一个难度上过不去了，怎么办？他说，一个作家不能轻易让自己过不去，你得想办法让自己过去，哪怕过去得很难看，跌跌撞撞。他说，他以前遇到过不去的时候，会硬写。

这让我想起去年写《还俗》这篇小说的情况，也遇到过瓶颈问题，就是写到关于佛教的方面，虽然我从小受外婆和妈妈的影响信佛，接触有关书籍，但要写这方面题材，感觉底气不够。放了半年之后，2015 年 6 月初，一个偶然机会参加一次禅修之旅，去了福建资国寺一周时间，那是有一千多年历史的佛教寺院。回来不久，顺利写完《还俗》这篇小说。我这篇小说创作中的瓶颈问题在那里得到解决。这篇小说的核，是讲述无论时代怎样进步、科技如何发展、经济怎样繁荣，人们的烦恼和痛苦总会有。那么，我是谁，从哪里来，要去往哪里？这是人类共有的哲学话题。真正的成功人士，就是很好地解决了这个问题的哲人。这篇小说获得 2015 年"睦邻文学奖"十佳奖项，在"深圳文学季"开幕式上颁奖。

我曾经比喻说写作是在熬骨髓油，不光经常熬夜，还有不眠之夜，还有笑和泪、血和泪：比如说吃饭时构思磕坏了牙齿，长期过度用眼致眼疾，挨手术刀。苦中有乐，我无怨无悔。

个人主张：写作也要讲究"绿色环保"，弘扬真善美，反对阴暗丑陋主题。文学写作，一定要有悲悯情怀和社会责任感。

这几十年，改革开放带来了经济蓬勃发展，也有泥沙俱下的一面。比如有的文学作品把色情、暴力、阴暗面当做卖点和武器。有一种调侃说法：小说读不到三页，就得出现上床，顶多到第五页，不然吸引不了读者。我不认同

2016 年 10 月 23 日，摄于深圳图书馆南书房（二排中间）

这说法，看看当代一些优秀作家的作品，就能粉碎那说法。

小说也许避不开性，但可以写得美感，给人带来美的享受，不要粗俗化。

我们可以借鉴学习的大师太多了，可以根据自己的喜好来挑选。

我的体会就谈到这里，谢谢大家听我唠叨。